HAUPTSACHE UP TO DATE

SUSAN HATLER

Übersetzt vom Englischen ins Deutsche von Sibylle Lehnerer

Umschlaggestaltung von Elaina Lee, For The Muse Design
www.forthemusedesign.com

*******REGISTRIEREN SIE SICH EINFACH FÜR SUSANS EXKLUSIVEN LESER-NEWSLETTER UNTER SUSANHATLER.COM/NEWSLETTERDE*******

„Ms. Hatler schreibt witzige, intelligente Dialoge, die einen beim Lesen immer wieder laut auflachen lassen."
— *Night Owl Reviews*

„Ms. Hatler macht einen fantastischen Job, indem sie ihre LeserInnen direkt in das Herz ihrer Story transportiert. Sie lässt sich einen fühlen, wie einen zusätzlichen Charakter und dabei zeigt sie immer eine große Portion Humor."
— *Katie's Clean Book Collection über Alles über diesen Kuss*

„Ich habe Susan Hatlers Liebesgeschichten schon immer geliebt ... doch diese Geschichte hebt alles auf ein neues Level."
— *Marsha @ Keeper Bookshelf über Der Weihnachtskompromiss*

„Ein unerwartetes Date ist eine wundervolle und perfekte Veröffentlichung, um einen stressigen und verrückten Tag hinter sich zu lassen."
— *Cafè of Dreams Book Reviews*

„Susan Hatlers Bücher bescheren mir immer Schmetterlinge und ein kribbeliges Gefühl, wenn ich ihre Geschichten lese, die so voller flirtendem Geplänkel und toller Charaktere sind."
— *Getting Your Read On Reviews*

„Susan Hatler ist die Beste, wenn es um süße Romcom geht und dieses Buch ist ganz oben auf meiner Favoritenliste."
— *YeahOrNeighReviews on Das eine Million-Dollar Date*

BÜCHER VON SUSAN HATLER

Serie: Ein neuer Versuch für ein Date

Das eine Million-Dollar Date

Das Doppeldate Desaster

Das Date mit dem Nachbarn

Das Rettungsdate

Das Fashiondate

Es war einmal ein Date

Serie: Liebe in Christmas Mountain

Der Weihnachtskompromiss

Es war der Kuss vor Weihnachten

Ein zuckersüßes Weihnachten

Serie: Die Hochzeitsflüsterin

Die Hochzeitsbrosche

Der Hochzeitsfang

Mein Hochzeitsdate

Die Hochzeitswette

Serie: Lieber ein Date als nie

Liebe beim ersten Date

Wahrheit oder Date

Mein letztes Blind Date

Rette dieses Date

Perfektes Date auf Umwegen

Lizenz zum Date

Zum Date getrieben

Hauptsache up to date

Ein Déjà-Date
Ein Date und nix wie weg

Serie: Küsse in der Bucht
Jeder noch so kleine Kuss
Der perfekte Kuss
Nur ein Kuss
Der allersüßeste Kuss
Ein weihnachtlicher Kuss
Alles über diesen Kuss
Für immer in einem Kuss
Ein Kuss für den Weihnachtsmann

Serie: Traumschätze
Ein unverhofftes Date
Ein unverhoffter Kuss
Eine unverhoffte Liebe
Ein unverhofftes Angebot
Eine unverhoffte Hochzeit
Eine unverhoffte Freude
Ein unverhofftes Baby

Jugendromane
Erschüttert
Das Herzblatt-Dilemma
Sieh mich

HAUPTSACHE UP TO DATE

SUSAN HATLER

KAPITEL EINS

Es hatte acht Jahre gedauert, bis ich meinen Abschluss am College gemacht hatte. Jetzt, mit siebenundzwanzig, merkte ich, dass ich den falschen Studiengang gewählt hatte. Das war schon irgendwie eine schmerzvolle Erkenntnis, da ich eine Fantastilliarde an Studiendarlehen zurückzuzahlen hatte, wodurch mein Gehaltskonto allmonatlich ziemlich leergeräumt wurde.

Meine Eltern hatten mir versichert, dass mir ein Abschluss in Betriebswirtschaft ein weites Betätigungsfeld eröffnen und eine Vielzahl an Jobs ermöglichen würde. Und sie hatten Recht gehabt. Darüber hinaus konnte ich mir keinen besseren Arbeitgeber als Woodward Systems Corporation wünschen. Sie hatten mich als Empfangsdame eingestellt und mich innerhalb weniger Monate befördert, und dabei hatten sie mich mit all dem Respekt behandelt, den sich eine Büroleiterin nur vorstellen konnte.

Wenn ich mich nur nicht so furchtbar zu Tode langeweilen würde!

Ich schaute mich in meinem Büro um, das ich mit Feuereifer dekoriert hatte. Leuchtende Farben. Persönliche

Fotocollagen. Ich hatte sogar die Kunstwerke an den Wänden selbst gemalt. Dieses Büro zu gestalten war die Lieblingstätigkeit bei meinem Job gewesen. Kein gutes Zeichen für die Zukunft.

Mein Blick driftete zu dem gerahmten, abstrakten Gemälde in Wasserfarben, das ich während eines abendlichen Kunstkurses gemalt hatte. Bei meiner örtlichen Hochschule hier in Sacramento hatte ich mich ursprünglich für Kunst eingeschrieben. Aber meine Eltern hatten mir gesagt, das wäre nicht praktisch, und sie ermutigten mich, zu Wirtschaft zu wechseln. Mit ‚ermutigen‘ meine ich, dass sie mich solange bedrängt hatten, bis ich schließlich nachgegeben und den Studiengang gewechselt hatte.

Was ein großer Fehler gewesen war.

Ich ließ mein Kinn in meine Hand sinken und wandte mich dem Computerbildschirm zu. Während ich versuchte, mich auf die Bestellung der Büroartikel, die ich gerade online zusammenstellte, zu konzentrieren, verschwamm mir alles vor den Augen. Stifte. Heftklammern. Kopierpapier. Routinekram. ...

Das Telefon auf meinem Schreibtisch läutete und – nennt mich eine Träumerin – aber ich konnte mir nicht verkneifen, mich zu fragen, ob mir das Universum eventuell einen Knochen zuwerfen würde. Vielleicht würde ein Personalabwerber eine Dekorateurin ohne Abschluss und ohne praktische Erfahrung suchen. Klar, das kam nicht einmal in die Nähe des Königreiches des Wahrscheinlichen.

Mit einem Seufzen hielt ich den Telefonhörer an mein Ohr. „Hallo?"

„Hallo. Bist du das Ginger?", fragte eine männliche Stimme.

Mich durchlief ein Schauern, als Greg Shaffers attraktives Gesicht in meinem Kopf auftauchte. Mandelbraune

Augen. Sandfarbenes Haar. Und ein entwaffnendes Lächeln, das mir durch und durch ging.

Ich hatte Greg vor einem Monat kennen gelernt, als ich beim Tanzen in einem Tanzlokal war. Bei uns beiden hatte es sofort Klick gemacht, das Knistern zwischen uns war absolut H-EI-ß gewesen. Dann hatte ich herausgefunden, womit er seinen Lebensunterhalt verdiente: als Notarzt. Mein Vater war auch Notarzt gewesen, und der Stress in diesem Beruf hatte ihn zu einem tobenden Alkoholiker gemacht. Darüber hinaus hatte ihm diese Laufbahn alles abverlangt, sodass er null Zeit für seine Kinder gehabt hatte. Also auf diesem Weg würde ich mit Sicherheit nicht weitermarschieren, vielen Dank!

Glücklicherweise lebte Greg in San Diego, deshalb hatte ich ihm gesagt, dass ich mich nicht für Fernbeziehungen interessieren würde. War er etwa in der Stadt? Wenn ja, wie war er an meine Telefonnummer bei meiner Arbeit gekommen?

„Ähm, ja. Hier ist Ginger." Mein Vater hatte zwei Dinge geliebt: *Gilligan's Island* und Scotch. Die Fernsehserie kam zuerst, was meine Mutter so bewundernswert fand, dass sie einwilligte, mich Ginger und meine kleine Schwester Mary Ann zu nennen. Aber der Scotch? War nicht gerade so unterhaltsam. Es war ein Wunder, dass sie immer noch verheiratet sind. „Wer spricht?"

„Ich bin mir nicht sicher, ob du dich an mich erinnern kannst...?"

Gregs entwaffnendes Lächeln blitzte in meinem Gehirn auf und löste den starken Drang aus, zu vergessen, dass er eine große Familie wollte und dass ich die Verantwortung für Kinder nicht übernehmen wollte. Ich überlegte mir schon, wieder aufzulegen...

„Hier spricht Bob Seaver. Ich arbeite mit Jill Parnell

zusammen bei dem Projekt ‚Schließe Freundschaften'. Du hast angeboten, deine Dienste als Innenarchitektin bei unserer Wohltätigkeitsauktion an diesem Freitag zur Verfügung zu stellen?"

Bob? Nicht Greg? Ich presste meine Augen zu, während mich sowohl Erleichterung als auch Enttäuschung durchfluteten. Meine gute Freundin Jill hatte vor Kurzem *Schließe Freundschaften* gegründet – ein Programm für Obdachlose, das Essen, Unterkunft, Beratung, Berufsausbildungen etc. bereitstellte, um obdachlosen Menschen zu helfen, wieder auf die Beine zu kommen. "Wie steht es mit der Auktion?"

"Besser als wir uns vorstellen konnten." Seine Stimme machte seine Begeisterung deutlich. "Dies ist die erste große Spendenaktion für *Schließe Freundschaften*, und wir haben schon über vierhundert Eintrittskarten im Vorverkauf verkauft."

"Das ist ja unglaublich!" Nicht, dass ihr Erfolg mich überraschte. Jill Parnell war in allem, was sie tat, hervorragend. Im Gegensatz zu mir, da ich ja nicht einmal den Mumm gehabt hatte, den Studiengang zu wählen, den ich gewollt hatte. Seufz!

"Das ist definitiv eine Gemeinschaftsleistung, und wir schätzen deinen Beitrag wirklich sehr." Er hielt inne. "In dieser Hinsicht stelle ich gerade eine Broschüre aller Auktionsposten zusammen, und ich frage mich, ob du eine Internetseite von deinem Geschäft hast, auf die ich in diesem Heft hinweisen könnte."

Ich zog die Augenbrauen zusammen. "Mein Geschäft?"

"Ja. Mit Namen Up to date, oder? Hier steht, dass du deine Dienste anbieten willst, um das Zuhause des Gewinners auf den neuesten Stand zu bringen, also up to date gestalten willst. Die erste Beratung wird mit dem Gewinner sofort terminiert." Durch seine monotone Stimme hörte es sich so an, als würde er die Beschreibung, die ihm Jill gegeben (und sich auch ausgedacht) hatte, herunterlesen. „Ich stellte mir vor, du würdest deine Internetseite gerne zu Werbezwecken angeben wollen."

Das Gestalten von Inneneinrichtungen war schon immer ein Hobby von mir gewesen, und Jill hatte mich nach einem Grillabend in meiner Wohnung gedrängt, meine ‚Dienste' anzubieten. Sie war von meiner Inneneinrichtung regelrecht begeistert gewesen und konnte gar nicht glauben, dass ich das alles alleine gemacht hatte. Für die Versteigerung hatte sie mein nicht-existierendes Geschäft kurzerhand Up to Date genannt. „Ähm, ich habe keine Internetseite."

„Okay. Ich dachte nur, ich frag mal nach." Seine Stimme zog sich in die Länge, als würde er etwas niederschreiben. „Vielen Dank nochmal, dass du für die Versteigerung etwas beiträgst. Bis Freitagabend dann!"

„Bis dann." Ich legte auf und zwirbelte eine Strähne meines langen, dunklen Haars um meinen Finger – während sich in meinem Verstand Ideen breitmachten und aufkeimten.

Ich schloss meine Augen und stellte mir eine Karriere vor, bei der ich jeden Tag meine Kreativität in meine Arbeit einbringen könnte. Farben und Stoffe tanzten durch meinen Kopf. Farbspritzer flogen auf Leinwände. Das wäre einfach himmlisch!

Das Telefon auf meinem Schreibtisch ertönte und riss mich aus meinem glücklichen Tagtraum. „Ginger?"

Ich erkannte Kaitlins Stimme sofort. Sie war die Personalleiterin bei Woodward Systems Corporation und auch eine gute Freundin. Ich nahm das Headset. „Was ist los?"

„Irgendetwas braut sich bei Rich Woodward zusammen. Er beharrt darauf, in allen Abteilungen so schnell wie möglich Kosten einzusparen." Ihre Stimme klang angespannt. „Du musst unbedingt einen günstigeren Hausmeisterdienst für unsere Firma finden."

Die Stelle genau zwischen meinen Augenbrauen begann zu pochen. Nach einem billigeren Anbieter von hausmeisterlichen Tätigkeiten zu suchen, klang ungefähr genauso stimulierend wie die Tintenpatrone meines Druckers nachzufüllen. „Kein Problem. Wird sofort erledigt."

„Danke." Sie stieß einen Atemzug aus. „Noch etwas anderes, Paul und ich gehen vor der Versteigerung am Freitagabend zum Dinner, und er hat einen Bekannten, der Single ist. Willst du mit uns ausgehen, damit wir zu viert sind?"

Ich blinzelte. Das Letzte, was ich auf dem Schirm hatte, war etwas, das mit einem Date zu tun hatte. Leider rangierte meine Chancenverwertung bei Männern ungefähr auf dem gleichen Niveau wie meine Studienwahl (anders ausgedrückt: sie war deprimierend). Aber ich sollte nicht die gesamte männliche Spezies nach Victor beurteilen. Oder Tyler. Oder Anthony. ...

„Ginger?"

„Ich bin noch dran." Ich wickelte eine dunkle Haarsträhne um meinen Finger. „Ich versuche lediglich, zu entscheiden, ob ich bereit bin, wieder Schmerz zu ertragen, ich meine, mich wieder zu verabreden."

Kaitlin brach in Gelächter aus. „Hör auf, alles so übertrieben zu analysieren und sag einfach ja! Trenton Davis ist sehr nett. Wir werden für sechs Uhr reservieren. Tschüss!"

„Trenton ist die Hauptstadt von New Jersey", sagte ich, aber sie hatte schon aufgelegt.

Ich legte den Telefonhörer wieder auf die Gabel zurück und fragte mich, wie Trenton – der Typ, nicht die Stadt – wohl sein mochte, und ob mir dieses Date womöglich gefallen könnte. Ohne Vorwarnung erschienen vor meinem geistigen Auge wieder mandelbraune Augen – gefolgt von einem entwaffnenden Lächeln, das auf eine Schaukel auf einer Veranda gehören sollte. Ich schüttelte den Kopf, drehte mich in meinem Schreibtischstuhl herum und klickte mit meiner Maus herum, um eine Suchmaschine zu öffnen. Auch wenn meine Karriere keinen Funken Kreativität erforderte, so ließen sich doch die Rechnungen damit bezahlen. Folglich musste ich jetzt meinen Job erledigen: einen kostengünstigen Hausmeisterdienst auftreiben.

Ich hatte keine Zeit zu vergeuden, über ein nicht-existierendes Inneneinrichtungs-Unternehmen nachzudenken oder über einen Typen, den ich vor einem Monat auf einer Tanzfläche kennen gelernt hatte. Ich musste unbedingt die Hirngespinste einer aufregenden Karriere vergessen, und ich musste auch Greg Shaffer vergessen. Gott sei Dank war er weit weg in San Diego! Es war ja nicht so, dass ich ihn je wiedersehen würde.

Mit starkem Armschwingen als Unterstützung joggte ich auf dem Gehsteig entlang und war ganz verzaubert vom langsam verblassenden Licht des dunkelroten Sonnenuntergangs. Die Lichter der Straßenlaternen flackerten auf und beleuchteten meine Strecke. Seit dreieinhalb Kilometern waren meine Gedanken wieder klarer geworden, und ich fühlte nur noch das beruhigende, rhythmische Auftreten meiner Füße auf dem Boden, während ich die warme Abendluft ein- und ausatmete.

Das Laufen war meine Flucht ins Glücklichsein.

Das Apartmentgebäude mit meiner Wohnung kam ins Blickfeld, und ich verlangsamte mein Tempo. Schweiß tropfte an meinen Schläfen und hinter meinen Ohren herunter. Ich wischte mir die Stirn mit dem Handrücken ab, als ich mich dem Schild ‚Zu verkaufen‘ näherte, das für die Wohnung meines Nachbarn oberhalb von mir galt – neben dem jetzt ein riesiges ‚VERKAUFT‘ -Schild angebracht war, direkt unterhalb der Werbung des Maklers. Interessant! ...

Der junge Kerl, der die Wohneinheit über mir gemietet hatte, war da oben herumgetrampelt wie eine Kuhherde bei einer Massenpanik. Er hatte auch viel zu viele laute Partys organisiert, die nicht zu meinem ruhigen Lebensstil gepasst hatten. Als die Wohnung kurzfristig auf den Markt gekommen war, hatte ich all meine Freunde gebeten, eine Nachricht ans Universum zu schicken, mir einen ruhigen Nachbarn zu bringen. Hey, das konnte doch wohl nicht schaden!

Ich zog den Schlüssel für mein gemietetes Apartment aus der Tasche an meinem Schuh und steckte ihn ins Schloss, das aber nicht klickte, als ich den Schlüssel drehte. Das konnte nur bedeuten, dass meine unverantwortliche Schwester (und Mitbewohnerin) mich im Heimkommen wieder mal geschlagen hatte. Mit ihren sechsundzwanzig Jahren konnte sie nicht mit der Verantwortung belastet werden, unsere Eingangstür abzusperren. „Mary Ann?“

Leider übertönte der hämmernde Beat, der aus unseren Lautsprecherboxen im Wohnzimmer kam, meine Stimme, während ich hineinging und meine Laufschuhe abstreifte. Mary hatte den Fernseher zu einer Musikstation umfunktioniert. Mein Kopf dröhnte von der Lautstärke, und die Stelle zwischen meinen Augenbrauen verspannte sich. So viel zum entspannenden Nachglühen nach meinem abendlichen Lauf. Ich drückte auf den Ausschaltknopf des Fernsehers und wurde von gesegneter Stille begrüßt.

„Hey!“ Mary Ann rumpelte aus ihrem Zimmer, in einem

schwarzen Shirt, das meiner Meinung nach mehrere Zentimeter zu kurz war. Sie fuchtelte mit dem Wimperntuschen-Zauberstab herum, den sie in der Hand hielt. „Das hab ich mir gerade angehört!"

Ich spazierte in die Küche, öffnete einen Schrank und holte mir ein Glas. „Nicht der ganze Wohnblock will um neun Uhr abends Lada Gaga hören. Gerade erst sind wir den Krachmacher über uns losgeworden."

Empört breitete sie ihre Arme aus und stieß einen aufgebrachten Ton aus. „Ich gehe aus, und das ist meine Aufwärm-Musik."

„Naja, du musst sie ja nicht gerade in dieser Kopfschmerzen-hervorrufenden Lautstärke dröhnen lassen. Nimm doch etwas Rücksicht auf deine Nachbarn, Blinzlerin!" Mary Ann war mit dem Spitznamen ‚Blinzlerin‘ tituliert worden, als sie fünf Jahre alt gewesen war, nachdem sie durch ihre zusammengekniffenen Augen zusammen mit ihrem Schmollmund immer alles erreicht hatte, was sie wollte. Wenn ich mich an diesem hübschen Schmollmund versuchen würde, würde ich die Menschen ziemlich sicher in die Flucht schlagen. Aber bei Mary Ann... Ich drückte mein Glas an den Wasserspender auf dem Kühlschrank. „Da wir schon von Nachbarn sprechen... hast du das Verkauft-Schild für die Wohnung über uns schon bemerkt?"

Ihr Schmollgesicht leuchtete sofort auf. „Der ist bereits eingezogen. Ich habe beobachtet, wie er den ganzen Tag Kisten raufgetragen hat, und er hat Armmuskeln, die dem Wort *sehnig* eine ganz neue Bedeutung verleihen. Lecker!"

Ich warf ihr einen züchtigenden Blick zu und stellte dann mein Glas in den Geschirrspüler. „Ich bin sicher, dass wer-auch-immer-er-ist auch ein Gehirn hat, weißt du. Und hoffentlich hatte er soviel Anstand, leichtfüßiger zu gehen, damit ich mir nicht stundenlang das Trampeln seiner Schritte auf meiner Zimmerdecke anhören muss."

Sie verdrehte die Augen, trottete dann hinter mir her, als ich auf mein Schlafzimmer zusteuerte. „Ich sage nur, dass wenn ich nicht schon ein Date heute Abend hätte, ich hinaufrennen würde, um mir eine Tasse Zucker zu borgen – wenn du verstehst, was ich meine."

„Ich fürchte, ich verstehe." Ich drehte mich um, um meine kleine Schwester zu mustern, deren Augen vor Aufregung tanzten. Mary Ann trug ein bauchfreies, funkelndes, pinkfarbenes Top, das ihre schlanke, kleine Figur und ihr honigblondes Haar wunderbar zur Geltung brachte. Mein Herz zog sich zusammen. Sie und ich waren so unterschiedlich wie Tag und Nacht. Was würde ich nicht alles geben, die bewunderte, sorglose Schwester zu sein statt die große, durchschnittlich aussehende, verantwortungsvolle. Ich reckte das Kinn. „Tatsächlich habe ich auch ein Date."

Verwundert zuckten ihre Augenbrauen, dann platzierte sie eine Hand auf ihre Hüfte. „Mit wem?"

Ich zuckte mit den Schultern, stürzte dann in mein eigenes, danebenliegendes Bad. „Kaitlins Verlobter hat einen Bekannten, also haben sie es für mich arrangiert."

Mary Ann lehnte sich an den Türrahmen und beäugte mich skeptisch. „Hmm."

Obwohl ich wirklich verzweifelt duschen wollte, hielt mich ihr Tonfall auf. Ich verschränkte die Arme vor meiner Brust, drehte mich schlagartig herum, um sie anzuschauen, und runzelte die Stirn. „Was?"

„Nichts." Ihre Brauen zogen sich zusammen, dann warf sie ungeduldig die Hände hoch. „Es ist nur... du solltest etwas kritischer sein, was Männer anbelangt, damit dir nicht wieder das Herz gebrochen wird."

Mir fiel die Kinnlade hinunter. „Du meinst so, wie es dir mit deinem letzten Freund ergangen ist?"

Sie schaute beleidigt drein. „Grif war *niemals* mein Freund. Er war bloß mein... Geschmack für den Augenblick."

Ich beugte mich nach unten und zog einen meiner durchgeschwitzten Socken aus. „Nett, dass du deinen Ex-Freund wie eine Eissorte beschreibst."

„Du kannst einen Mann nicht zu etwas machen, was er nicht ist." Sie zuckte die Achseln. „Wenn ein Typ mich nicht glücklich macht, dann kann er gehen. Ich lasse sie nicht so auf mir herumtrampeln wie solche Typen, ähm, wie zum Beispiel Victor."

„*Ich* habe doch letztendlich mit Victor Schluss gemacht, nicht wahr?" Ich zerrte den anderen, übel riechenden Socken vom Fuß und warf ihn in ihre Richtung.

Sie wich der Stinkbombe aus und rümpfte die Nase. „Entspann dich! Ich versuche bloß, dir zu helfen."

„Ich weiß." Ich seufzte, lehnte mich an den Waschtisch und strich mir mit der Handfläche über die Stirn. „Du hast Recht. Ich wollte ihn eben nicht abschreiben."

Genauso wie ich meinen Dad nicht abschreiben wollte. Er hatte mir tausend Mal versprochen, eine Entziehungskur zu machen, aber er hatte sie nie durchgezogen. Als ich meine Augen hob, begegnete ich ihrem Blick, und wir tauschten einen wissenden Blick aus, den ich tief in meinem Inneren spürte.

„Du kannst jemanden nicht ändern, wenn er das nicht will", sagte sie mit recht untypischem, nüchternem Tonfall. Nach einer langen Pause stieß sie sich mit der Hüfte vom Türrahmen ab. „Das Leben ist kurz. Du musst unbedingt eine bessere Dating-Strategie zur Anwendung bringen, zum

Beispiel die ein-Fehlschlag-und-du-bist-draußen-Strategie. Das ist alles, was ich dir sage."

„Vielleicht wird Trenton keinen Fehlschlag liefern. Vielleicht wird er der perfekte Verabredungspartner sein." Ich zog eine Augenbraue hoch. „Schon mal daran gedacht?"

„Ist Trenton nicht die Hauptstadt von New Jersey?" Sie lachte, flutschte dann in ihrem winzigen, schwarzen Rock davon.

„Sperr die Eingangstür ab, wenn du die Wohnung verlässt!" Ich haute die Badezimmertür zu, lehnte mich rückwärts dagegen und kicherte dann. Mary Ann war so ein Doofkopp!

Dennoch hatte sie wirklich nicht Unrecht, was Männer betraf. Ich musste unbedingt akzeptieren, dass kein Typ sich jemals ändern würde, ausgenommen er würde es tatsächlich wollen. Ja, genau. Deshalb würde ich ihre ein-Fehlschlag-und-du-bist-draußen-Strategie benutzen. Und damit würde ich an diesem Freitagabend gleich bei Trenton anfangen.

* * *

Nach dem Date zu viert am Freitagabend schritt ich durch die marmorne Eingangshalle des GEOFFRIES HOTELs und hörte dabei Paul und Trenton zu, wie sie den Nutzen des Leerverkaufs von Aktien diskutierten (gähn). Es bereitete mir nach wie vor Mühe, zu glauben, dass Kaitlins Verlobter Paul Geoffries war, der Besitzer dieser stinkvornehmen GEOFFRIES Hotelkette. Als Spende hatte er ihren Ballsaal als Veranstaltungsort kostenfrei zur Verfügung gestellt, damit dort heute Abend die Wohltätigkeitsauktion für *Schließe Freundschaften* stattfinden konnte. Wie mega-großzügig war das denn? Da drückte ich aber die

Daumen, dass sein Bekannter sich als ebenso nett erweisen würde.

Als wir vier den imposanten Ballsaal betraten, wurden wir mit fetziger Musik begrüßt, die aus riesigen Lautsprechern dröhnte, die den Platz des Discjockeys umgaben, der sich direkt neben einer hölzernen Bühne jenseits des Saales befand. Ich begutachtete die weitere Umgebung. Weiße und goldene Drapierung, ein funkelnder Kristallkronleuchter über uns, lange Reihen von Tischen an den Seitenwänden für die Stille Auktion.

Mein Magen verknotete sich, während ich das Oberteil meines smaragdgrünen, trägerlosen Kleides zurechtrückte. Ich hakte mich bei Kaitlin unter. „Was ist, wenn niemand etwas für mein Angebot bietet? Ich kann nicht glauben, dass ich zugelassen habe, dass Jill mich überreden konnte, etwas zu spenden, wenn ich doch null Referenzen habe."

Sie wandte sich an mich und riss die Augen auf, während sie ihr seidig rotes Haar über ihre Schulter warf. „Du bist eine unglaublich gute Innendekorateurin. Das sollte ich am besten wissen, weil du mir schon so oft bei meinen Renovierungsarbeiten behilflich warst."

„Aber ich habe keinerlei berufliche Ausbildung, und Jill beginnt bei der Versteigerung mit fünfhundert Dollar." Ich kam an einer vertraut aussehenden Frau in einem langen, purpurfarbenen Abendkleid vorbei, die ich – da war ich mir ziemlich sicher – schon mal im Fernsehen gesehen hatte. Vielleicht eine Moderatorin? Es hatte den Anschein, als hätte sich die gesamte Bevölkerung von Sacramento für diese Veranstaltung hierher auf den Weg gemacht. Wow!

„Du machst dir zu viele Sorgen, Ginger!" Sie drückte meinen Arm, beugte sich dann an mein Ohr, während wir hinter den Männern her zogen, die uns voraus zu unserem VIP-Tisch gingen. „Also, wie findest du Trenton? Ich brannte schon das ganze Abendessen darauf, dich das zu fragen."

Ich schaute hinüber zu meinem Verabredungspartner, der sich weiter mit Paul unterhielt. Trenton sah gezielt-absichtlich attraktiv aus, und eine randlose Brille trug zu seiner intelligent wirkenden Erscheinung bei. Er trug einen deutlich teuren Anzug, hatte tadellose Manieren und war bis jetzt noch nicht zu einem Fehlschlag gekommen. „Er ist... nett."

„Nett? Ist das das Beste, was dir einfällt?" Sie gab einen Ton des Unglaubens von sich. „Trenton wurde in der letzten Ausgabe der Zeitschrift *Sacramento Living* als einer der Top Ten der begehrenswertesten Junggesellen von Sacramento nominiert."

Ich zog eine Augenbraue hoch. „Klar, aber auf welchem Platz war er?"

Bei meinem Witz brach Kaitlin in Lachen aus.

Paul blieb an unserem Tisch stehen, drehte sich um und legte seinen Arm um sie. „Was habe ich verpasst?"

„Nichts", warf ich ein und schüttelte den Kopf. Hier war ich nun auf einem Date mit Mister Top Ten von Sacramento und konnte lediglich mit einer Beschreibung von ‚nett' aufwarten. Was lief bei mir schief? „Ich möchte mich entschuldigen, um mir einen Drink zu holen."

„Da komm ich mit." Trenton trat neben mich, und gemeinsam spazierten wir zur Bar, wo er für jeden von uns ein Glas Wein bestellte. Dann überblickte er das Meer von Menschen in dem Saal. „Scheint eine recht erfolgreiche Spendenaktion zu werden. Paul sagte mir, du hast bei der Stillen Auktion einen Beitrag gespendet?"

„Oh ja..." Meine Wangen erhitzten sich. „Inneneinrichtungsdienste. Aber ich bin nicht zertifiziert oder sowas."

„Einige der erfolgreichsten Menschen der Welt haben

nicht einmal einen College-Abschluss." Er richtete seine Brille auf seiner Nase wieder gerade hin. „Wo ist das Papier, auf dem man sein Gebot abgeben kann? Mein Büro könnte mal eine Auffrischung der Inneneinrichtung vertragen. Zumindest sagt meine Ex mir das andauernd."

Eine unangenehme Stille folgte, deshalb nahm ich einen Schluck Wein. Hatte er wirklich gerade seine Ex bei unserem ersten Date aufs Tapet gebracht? Sollte das nicht eigentlich als Fehlschlag zählen? Wo war denn bloß ein Schiedsrichter, wenn ich einen brauchte?

Da ich entschied, dass dies ein harmloser Kommentar gewesen sein musste, fragte ich: „Wann habt ihr euch getrennt?"

Er berührte meine nackte Schulter. „Vor Monaten bereits. Das ist Schnee von gestern. Glaub mir!"

Seine Hand fühlte sich auf meiner Haut unbehaglich an, und ich merkte, dass ich mir wünschte, ein Kleid mit Ärmeln angezogen zu haben. Darüber hinaus schaute er mich auf solch eintaxierende Weise an, dass ich mich durch irgendetwas verpflichtet fühlte, zu fragen: „Warum habt ihr beide euch getrennt?"

„Wir waren so ungefähr zwei Jahre zusammen, und sie war bereit, sich niederzulassen und eine Familie zu gründen." Er legte eine Hand auf die Seidenkrawatte auf seiner Brust. „Rochelle ist eine liebreizende Frau, aber ich bin erst zweiunddreißig. Mein Unternehmen hat gerade erst Fuß gefasst. Jetzt ist nicht die Zeit, sich auf eine Familie zu konzentrieren. Außerdem ist Rochelle ein Supermodel und hat gerade ihr eigenes Parfum auf den Markt gebracht: ONLY ROCHELLE. Kinder würden für ihre Karriere das Ende bedeuten."

Was zum ...? War seine Ex etwa *Rochelle Richards*?

„Es tut mir leid, dass es nicht geklappt hat", sagte ich

und versuchte, nicht total auszuflippen, weil seine Ex ein Supermodel war. Im Ernst, wenn ich auf einem Foto war, dann mussten meine Freunde mindestens fünf Bilder machen, damit man mich mit offenen Augen erwischte. Traurig, aber wahr!

„Schnee von gestern", wiederholte Trenton und schlang seinen Arm um mich. „Komm, wir schauen mal auf dein Auktionsblatt, damit ich mein Gebot abgeben kann. Eines muss ich Rochelle aber schon lassen, sie hat einen unfehlbaren Geschmack, was Inneneinrichtung betrifft."

Ich sog den Atem ein und fühlte mich plötzlich schlecht wegen Rochelle. Hätte er die Kindersache nicht vorher klar machen sollen, bevor sie zwei Jahre in ihn investiert hatte? Deshalb hatte ich mit Greg sofort alles abgebrochen. Es ist nicht richtig, jemandem etwas vorzumachen. ...

Oje! Jetzt war aber wirklich *nicht* die Zeit, wieder über Greg Shaffer nachzudenken. Hallo? Ich war auf einem Date mit Mister Top Ten von Sacramento!

Mit einer Hand winkte ich ihn etwa zur Mitte der Tischreihe heran. „Mein Spendenangebot hat die Nummer hundertdreiundachtzig. Müsste ungefähr in dieser Gegend sein."

Sein Mund dehnte sich zu einem verführerischen Grinsen. „Lass es uns mal überprüfen!"

„Okay." Mein Magen krampfte sich vor Anspannung zusammen. Was wäre, wenn niemand ein Gebot abgegeben hätte? Was wäre, wenn ihnen die ‚vorher'/‚nachher'-Fotos meines Wohnzimmers nicht gefallen hatten? Naja, sie könnten mich kratzen, denn mir gefielen sie! Aber ich hatte Jill nicht enttäuschen wollen, und auch nicht all die Menschen, denen sie zu helfen versuchte. Außerdem war die Kunst eine Art mentale Therapie für mich. Was wäre, wenn die Zurückweisung meine Eingebung zerstörte und –

„Schon drei Gebote!" Trenton fuhr mit seinem Finger auf dem Auktionsblatt entlang und hielt dann unten an, wo er sein Gebot hinkritzelte. „Damit sind es vier!"

„Oh, du liebe..." Ich spähte unten auf das Auktionsblatt, um mich zu vergewissern, dass er richtig gelesen hatte. „Du bietest tausend Dollar!"

Er legte den Stift wieder hin. „Es ist ja für einen guten Zweck, und man kann die Summe auch steuerlich abschreiben, nicht wahr?"

„Stimmt", sagte ich und staunte immer noch darüber, dass meine Dienste dem Programm *Schließe Freundschaften* einen Riesen einbringen würden. Wahnsinn!

Auf einmal schmetterte der Text von ‚Good Life', einem Song von One Republic, aus den Lautsprechern. Schimmernde Lichter tanzten über den Holzboden, als Jill Parnell, die Gründerin von *Schließe Freundschaften*, mit einem Mikrofon in der Hand auf die Bühne trat. *This could really be a good life, good life.*

Trenton und ich beeilten uns, zu unserem Tisch zurückzukommen, der gleich neben der Bühne stand, dann folgte donnernder Applaus.

„Vielen Dank, dass Sie heute Abend hier sind! Danke für all Ihre Unterstützung..." begann Jill und gab dann einen Überblick über *Schließe Freundschaften* und einen recht emotionalen Bericht über eine Frau, der sie gerade halfen, wieder auf die Beine zu kommen. Beth hatte zwei Monate alleine auf der Straße gelebt, nachdem sie ihren Ehemann wegen häuslicher Gewalt verlassen hatte.

Mir stiegen Tränen in die Augen, und ich legte eine Hand auf meine Brust, so geehrt fühlte ich mich, ein Teil dieser Veranstaltung zu sein. Neben der Bühne machte ich Jills Freund Ryan Shaw aus, der Jill mit einem Blick voller

Stolz beobachtete. Dann driftete mein Blick zu dem Mann, der neben Ryan stand. ...

Mir blieb die Luft weg, und ich musste mich am Tisch festhalten, während ich mich auf meinen Stuhl fallen ließ. Sandfarbenes Haar. Breite Brust. Und mandelbraune Augen, die mich an eine warme Sommernacht denken ließen. Greg Shaffer!

Sein Blick traf meinen und hielt ihn fest. Sein Mundwinkel bog sich aufwärts, und ein heißer Blitz durchzuckte mich. Schluck!

KAPITEL ZWEI

„Kannst du glauben, dass Ellen schon in sechs Wochen ihr Baby bekommen wird?" Kaitlin hakte sich bei mir ein, während wir an den Tischen für die Stille Auktion vorbeischlenderten, damit ich einen Blick auf mein Auktionsblatt werfen konnte und damit sie noch ein letztes Gebot auf das Wellness-Paket abgeben konnte, auf das sie es abgesehen hatte. „Du kommst doch auch zu ihrer Babyparty, oder? Am Sonntag in einer Woche?"

„Würde ich auf keinen Fall verpassen wollen." Ich schaute zu unserer Freundin und Mitarbeiterin hinüber – ja, wir arbeiteten in einem jener Büros, wo du jeden kennst und (beinahe jeden) liebst – deren Babybauch sich gerade in den Bauch ihres Ehemanns drückte, während sie zu dem Achtziger-Jahre-Hit ‚Reunited' von Peaches and Herb langsam tanzten. Zufällig war das derselbe Song, zu dem auch Greg und ich letzten Monat getanzt hatten, und so sah es mit meinem Glück heute Abend nun mal aus.

„Ginger... ist alles in Ordnung?"

„Nicht wirklich." Es war schon schwer genug gewesen, Greg aus meinen Gedanken verbannen zu wollen, obwohl er in San Diego war. Jetzt, da ich wusste, dass er sich mit mir im selben Raum befand, war es so, als wäre er auf meine Stirn tätowiert. „Kannst du ein Geheimnis bewahren?"

„Aber klar doch." Mit ihrem Zeigefinger spurte sie ein X über ihr Herz und beugte sich nah an mich heran. „Erzähl!"

Ich holte tief Luft, denn ich musste mich einer Freundin anvertrauen, ehe ich den Verstand verlor. „Da gibt es diesen Typen..."

„Natürlich gibt es den." Sie machte so ein ‚ich hab's gewusst' Gesicht. „Kein Problem mit Trenton, hoffe ich?"

Ich schüttelte den Kopf. „Nein."

„Gut." Sie hielt inne, um mit ihrem Finger auf einer Gebotsliste entlangzufahren, bewegte sich dann aber weiter. „Ich sehe euch beide schon vor mir. Er ist klug und sexy. Du bist überschwänglich und lieb. Ein perfektes Paar."

„Ich bin ziemlich sicher, dass er noch nicht über seine vorherige Freundin hinweg ist", sagte ich, wobei ich dachte, dass jeder anständige Schiri bei Trenton Fehlschlag gerufen hätte nach dessen wiederholtem Gerede über seine Ex. Aber vielleicht war ich auch zu kritisch.

„Laut Paul sind sie schon lange darüber hinweg." In der Mitte einer Auktionsliste hörte Kaitlin auf, ein weiteres Wellness-Paket zu überprüfen, gab ein höheres Gebot ab und wandte dann ihre Aufmerksamkeit wieder mir zu. „Geht es bei diesem Problem mit einem Typen um Victor? Du bist viel zu gut für ihn, Ginger. Er hat dich schon so oft versetzt. Es hat mir physisch Schmerzen bereitet, dich zu sehen, wie du ihm eine Chance nach der anderen gegeben hast. Du verdienst etwas viel Besseres."

„Ächz! Warum bringt denn jeder andauernd Victor auf?" Ich schaute auf die Gebotsliste und dachte, dass ich wirklich einen Tag in einer Wellness-Oase brauchen könnte, um mich so richtig zu entspannen. Aber ich hatte meine Kreditkarte in letzter Zeit so oft benutzt, dass sie eigentlich schon geschmolzen sein müsste. Seufz! Hui, dieses Wellness-Paket war Nummer einhundertachtzig, folglich müsste mein Auktionspapier gleich kommen. „Mein Problem ist nicht er, es ist –"

Während ich noch das Wellness-Angebot betrachtete, schlenderte ich weiter und stieß mit einer breiten (muskulösen) Brust zusammen. Warme Hände umfassten meine Ellbogen. „Bist du in Ordnung?", fragte eine männliche Stimme.

Durch mich hindurch vibrierte ein Schaudern, als ich diese vertraute Stimme hörte. Ich biss mir auf die Lippe und blickte auf. Mandelbraune Augen bestätigten, dass ich ausgerechnet in Greg hineingeprallt war. Der blickte mich prüfend an auf eine Weise, dass mein Magen Purzelbäume schlug. „Ha...Hallo", stammelte ich.

Ruhig, Ginger! Bleib ruhig!

Sein Mund bog sich aufwärts. „Selber Hallo!"

„Ginger, ich –", Kaitlin hielt mitten im Satz inne, und ihr Blick schnellte von mir zu Greg und wieder zurück. „Ich, ähm, geh bloß los, um mein letztes Gebot nochmal zu überprüfen. Ja, das werde ich tun..."

Ich warf ihr einen flehenden Blick zu, dass sie mich nicht verlassen sollte, aber offensichtlich hatte sie im Fach Augensprache gefehlt, denn sie gab mir ein Daumen-hoch-Zeichen, ehe sie davonjagte.

Ähm, hallo? Das war eine total unangemessene Geste, wenn ich doch ein Date hatte mit einem Bekannten, mit dem *sie* mich zusammengebracht hatte. Scheibenkleister! Ich holte tief Luft, drehte mich zu Greg um und zwang mit reiner Willenskraft die in meinem Magen aufflatternden Schmetterlinge, sich zu beruhigen.

Kein Glück!

„Bist du etwa dieses Wochenende in der Stadt?", fragte ich, während jedes Bisschen meines Selbst die Hitze seiner Haut spürte, wo er mich immer noch an den Armen hielt.

Mit einem unmerklichen Drücken ließ er mich los, als eine Frau zwischen ihn und den Schreibblock schlüpfte, um etwas auf eine Gebotsliste zu kritzeln. Greg überprüfte das Blatt, auf das sie etwas geschrieben hatte, dann wandte er sich wieder mir zu. „Eigentlich bin ich jetzt dauerhaft in der Stadt. Mir wurde die Stelle in dem Krankenhaus angeboten, in dem ich letzten Monat mein Vorstellungsgespräch gehabt hatte – an dem Tag, als wir uns getroffen haben. Ich habe mir gerade eine eigene Wohnung gekauft."

In der Stadt! Dauerhaft! Ach du Schande!

Ich schluckte. „Herzlichen Glückwunsch!"

„Danke." Er schaute über meine Schulter. „Bist du mit deinem Freund hier?"

„Ich?" Ich folgte seinem Blick dorthin, wo Trenton neben Paul saß. Sie schienen in eine Unterhaltung vertieft zu sein – wahrscheinlich über Aktien oder irgendeine gleichermaßen das Einschlafen fördernde Finanzdiskussion. Schnarch! „Trenton ist nicht mein Freund. Er ist ein Blind Date."

„Und wie läuft das?"

Ich drehte eine lange Haarsträhne um meinen Finger. „Genauso wie die meisten ersten Dates. Unbehaglich."

Außer dass mit Greg überhaupt nichts unbehaglich gewesen war, an dem ersten Abend, als wir uns kennen gelernt hatten. Er war mit Ryan zu dem Tanzlokal gekommen, und nachdem wir die ganze Nacht zusammen getanzt hatten, waren Greg und ich noch in ein Lokal gegangen, um etwas mehr Zeit miteinander zu verbringen... und das war auch der Zeitpunkt, als ich entdeckt hatte, dass er Notarzt war, genau wie mein Dad. Wie aufs Stichwort tauchten schmerzvolle Erinnerungen aus meiner Kindheit auf und überfluteten meine Gedanken. Dads Trinkerei. Die Streitereien meiner Eltern. Ich, wie ich nachts wegrennen musste, bloß um diesem Chaos zu entgehen...

„Ginger? Ist alles okay?"

Mein Blick flackerte zu Gregs, und wegen seiner besorgten Miene zog sich meine Brust zusammen. „Gut. Ich sollte jetzt wahrscheinlich zu meinem Tisch zurückgehen."

Seine Augen durchforschten meine, als versuchte er, mir tief in die Seele zu blicken. „Wenn es das ist, was du brauchst."

Was ich brauchte, war, weit von ihm wegzukommen. Der Schmerz, den ich nach unserem letzten Abschied gefühlt hatte, war exponentiell angestiegen, nun, da ich ihn wiedergesehen hatte. Zwischen uns bestand eine unglaubliche Anziehungskraft. Ich konnte mir vorstellen, mich mit ihm zu verabreden. Vielleicht sogar mehr als nur verabreden. Aber ich wollte keine Zukunft mit einem überlasteten, überarbeiteten Notarzt, dessen Traum ein Haus voller Kinder war, die er selten sehen würde. Und ich war kein Mädchen, das sich irgendwelchem Techtelmechtel hingeben würde aus reinem Spaß an der Freude. Obwohl ein Teil von mir darum bettelte, meine Haltung in diesem Fall nochmal zu überdenken. ...

„Naja, es war nett, dich wiederzusehen." Ich zwang mich zu lächeln, dann verspürte ich den Zwang, ihn leicht am Arm zu berühren. Eine unkluge Idee, wie sich herausstellte, da bei der Berührung seiner Muskeln mein Magen schon wieder wild reagierte.

„Hat mich auch gefreut." Seine Kieferpartie spannte sich an, und zwischen seinen Brauen bildete sich eine kleine Furche, als ich mich umdrehte und davonging.

Für den Rest des Abends versteckte ich mich gut an

meinem Tisch mit meinem Verabredungspartner. Trenton gelang es sogar, eine Unterhaltung zu führen, die nichts mit seiner fabelhaften Ex zu tun hatte. Leider hatte sie aber alles zu tun mit dem Aktienmarkt, was meine Augenlider auf magische Weise schwer wie Blei werden ließ. Als ich dann recht früh von der Veranstaltung verduftete, hatte ich es Gott sei Dank vermieden, nochmal mit Greg zusammenzustoßen. Der einzige Nachteil war, dass ich nicht lang genug geblieben war, um zu sehen, wer bei der Auktion meine Dienste gewonnen hatte.

* * *

„Ich brauche zehn Windeln." Rachel raste den Einkaufsgang entlang, Kaitlin und ich konnten nur so hinter ihr her hecheln. Wir waren schon eine Viertelstunde drüber in unsere Mittagspause hinein und hatten noch eine ganz hübsche Menge einzukaufen für Ellens Babyparty.

„Lass mich das mal klarstellen!" Ich schob den Einkaufswagen vorwärts, sprang dann auf die Querstrebe oberhalb der Räder und hatte Rachel schnell eingeholt. „Du willst auf zehn Windeln zehn verschiedene Schokoriegel erhitzen, die wir dann essen müssen, und dann sollen wir raten, welchen Schokoriegel wir gemampft haben? Sind Windeln nicht entflammbar?"

Rachel blieb mit weit aufgerissenen Augen abrupt stehen. „Meinst du? Ich würde natürlich äußerst ungern Ellens Mikrowelle während ihrer Babyparty explodieren lassen. Soviel zum Thema Partyzerstörer."

Kaitlin hob eine Schachtel Windeln vom Regal und legte sie in den Einkaufswagen. „Erhitze die Schokoriegel einfach auf einem Teller und lege sie dann auf die Windeln! Problem gelöst."

Das Bild von geschmolzener, brauner Schokolade inmitten einer Windel hinterließ eine verstörende, visuelle Wirkung in meinem Kopf. „Das ist einfach ekelhaft!"

„Es soll aber cool sein." Rachels Gesichtsausdruck wandelte sich kurz zu panisch, ehe sie wieder zu dem Einkaufszettel in ihrer Hand zurückkehrte. „Egal. Ellen hat um dieses Spiel gebeten, und ihr wisst, wie sie wird, wenn wir von ihrer Liste abweichen. Wir werden es tun."

Unsere Freundin Ellen Holbrook gab dem Ausdruck ‚Alpha-Typ' eine ganz neue Bedeutung. Sie war supergenau durchorganisiert, geradezu pedantisch und flippte aus, wenn Pläne schiefgingen. Wenn wir die werdende Mutter bei Laune halten wollten, wäre das Abweichen von ihren Vorgaben höchst unklug.

Ich kicherte. „Sieht dann so aus, als würden wir alle Schein-Kacke essen."

„Können wir nicht einfach nur daran riechen?" Kaitlin rümpfte die Nase. „Denkt mal daran, worauf wir uns in unserer Zukunft freuen können, Ladys! Echte bekackte Windeln! Igitt!"

Rachel sah wieder auf ihre Liste. „Bin nicht gerade begeistert davon."

„Ich werde keine Kinder haben." Eine unerwartete Welle von Traurigkeit durchspülte mich, als ich das laut feststellte. „Nicht, dass ich im Moment überhaupt irgendwen hätte, mit dem ich sie produzieren könnte."

Warme, braune Augen blitzten vor meinem geistigen Auge auf. In seinen Augenwinkeln bildeten sich Lachfältchen, während sich sein Mund zu einem Lächeln hob, als wäre er glücklich, mich zu sehen. ...

Rachel riss den Kopf herum. „Du willst keine Kinder? Niemals?"

Ich schüttelte den Kopf, um die Gedanken an Greg abzuwehren. „Diese Vorstellung erschreckt mich." Ich entriss Rachel die Liste. „Das nächste sind fünfzig Rollen Klopapier."

„Ach, das Windelwechseln-Spiel!" Kaitlin übernahm den Einkaufswagen, als wir im Eilschritt in die Hygieneabteilung sausten. „Da braucht man wenigstens keine Mikrowelle dafür, folglich sind wir sicher."

Ich lachte, blieb aber bei dem Blick, den Rachel mir zuwarf, abrupt stehen. „Was?"

Sie schüttelte den Kopf. „Tut mir leid, aber ich habe mir dich immer mit Kindern vorgestellt. Doch es geht mich ja nichts an."

„Was meinst du damit, es geht dich nichts an?" Kaitlin bog nach rechts ab, fing dann an, Klopapierpakete aus dem Regal zu zerren. „Wir sind doch alle Freundinnen. Wenn wir nicht sagen können, was wir denken, was hat das dann für einen Zweck?"

Ich unterdrückte ein Lächeln. Vor nicht allzu langer Zeit hatten wir Schwierigkeiten, Kaitlin dazu zu bringen, auszudrücken, was sie dachte. Sie war so erzogen worden, ihr Leben immer als ordentlich und perfekt darzustellen, auch während der Zeiten, in denen es außer Kontrolle geraten war. So wie meines momentan außer Kontrolle zu geraten schien, mit Greg-in-meinem-Verstand und dem langweiligen Beruf, den ich gewählt hatte. Oh, Freude!

„Es ist völlig normal, dabei auszuflippen, ein Kind in diese Welt zu bringen." Kaitlin ließ das letzte Paket in den Einkaufswagen fallen und legte dann eine Hand über ihre Brust. „Allein die Vorstellung, dass ich mich in meine Mutter verwandeln könnte, reicht aus, um mich bis zur sexuellen Enthaltsamkeit zu erschrecken. Aber ich werde definitiv einmal eine Familie mit Paul haben wollen. Irgendwann."

Mir schnürte es die Kehle zu.

Kaitlin rempelte mich mit ihrem Ellbogen an. „Ich habe gehört, du gehst zu einem zweiten Date mit Trenton. Willst du dich nicht eines Tages vielleicht mit einem von Sacramentos qualifiziertesten Junggesellen fortpflanzen?"

„Nicht einmal ein kleines Bisschen", sagte ich ehrlich. Genau genommen erörterte ich innerlich noch, ob oder ob nicht Trenton einen Fehlschlag geliefert hatte und ich nicht bloß ein zu großer Feigling war, um den Ruf auszustoßen. „Er scheint mir ein wenig zu geschäftsorientiert zu sein für meinen Geschmack."

Kaitlin schien einen Augenblick lang in Gedanken verloren. „Nun, wonach suchst *du* denn bei einem Typen?"

„Es sollte jemand sein, der Zeit für mich hat", sagte ich sofort. Mein Dad hatte sich nie Zeit für mich genommen. Er war zu beschäftigt damit gewesen, zu arbeiten und zu trinken. „Der richtige Typ sollte wirklich eine gesunde Lebenseinstellung haben. Er sollte finanziell verantwortungsbewusst sein, aber er sollte auch wissen, wie er zu einer guten Balance mit dem Spaß im Leben kommt."

Meine beiden Freundinnen blieben stehen und schenkten mir ihre volle Aufmerksamkeit.

Ich hob eine Schulter. „Mein Idealtyp würde für mich da sein, so wie ich für ihn da wäre. Falls so ein Mann überhaupt existiert..."

Rachels Augen verschleierten sich. „Darüber habe ich immer gegrübelt, ehe ich Noah gefunden habe. Dieser Typ ist bestimmt irgendwo da draußen, und du wirst ihn finden. Vielleicht ist es bloß eine Sache des richtigen Timings."

„Oder vielleicht ist Trenton genau dein Typ, und er hat dir bloß seine Spaßseite noch nicht gezeigt." Kaitlins Ton fühlte sich übermäßig optimistisch an. „Es hat geraume Zeit gedauert, bis ich erkannte, dass Paul der Eine für mich ist."

„Klar, ich erinnere mich." Ich lachte, als ich zurück-dachte, wie ich angeboten hatte, den Innenbereich von Kait-lins Haus zu streichen, wenn sie wieder anfangen würde, sich zu verabreden. Vielleicht müsste ich mich nur weiterhin dort draußen aufhalten, auch wenn es sich unbe-haglich anfühlte. Deshalb war ich froh, dass ich doch zuge-stimmt hatte, mit Trenton zu einem zweiten Date zu gehen. „Was ist das nächste auf der Liste, Rachel?"

„Sicherheitsnadeln und blaues Band, dann haben wir es geschafft." Sie warf uns einen beklagenswerten Blick zu. „Das heißt, wenn Ellen nicht noch zusätzlich irgendwelche Änderungen an ihrer Liste macht."

Seit Jahren waren Rachel und Ellen beste Freundinnen gewesen, und ihre Beziehung erinnerte mich an die eines alten Ehepaares. Höhen und Tiefen, alles hatten sie gemeinsam gemeistert, aber sie wirkten immer noch wie eine Familie. Seht ihr? Es ist nicht notwendig, selbst Kinder zu haben. Ich könnte vernarrt sein in die Zwerge meiner Freundinnen, und sie würden sich wie Familie anfühlen. Ich könnte Tantchen Ginger sein und die kleinen Racker nach Strich und Faden verwöhnen.

Es war wirklich nutzlos, Zeit zu vergeuden, darüber nachzudenken, wie es wäre, eigene Kinder zu haben. Manchmal fühlte ich mich so, als hätte ich bereits ein Kind, weil ich mich ja die ganze Zeit um meine Schwester kümmern musste. Ich musste diesen Monat sogar schon wieder ihre Hälfte der Miete für sie aufbringen, weil sie ihr ganzes Geld für einen Ausflug mit ihren Freundinnen an der Küste entlang verpulvert hatte. Nein, ein Baby zu haben, wäre viel zu viel Verantwortung für mich. Es war schon schwer genug, mein eigenes Leben auf die Reihe zu kriegen.

Auf einmal tauchten mandelbraune Augen in meinem Kopf auf, durch die ich mich warm und behaglich fühlte, als würde ich am Fluss entlanglaufen. Eigentlich fühlte sich das Kribbeln, das durch mich hindurchrieselte, sogar noch besser an, so, als wäre meine Zukunft wunderbar und erfüllt mit unendlichen Möglichkeiten.

Oje! Warum musste ich mich von dem einen Typen angezogen fühlen, der so absolut verkehrt für mich war? Meine masochistische Ader musste unbedingt weiterziehen.

Es würde natürlich schwierig werden, sich von Greg fernzuhalten, jetzt, da er in Sacramento lebte. Er würde sicherlich viel Zeit mit Jills Freund Ryan verbringen, aber ich würde einfach vermeiden, die Veranstaltungen zu besuchen, zu denen Greg auch eingeladen werden könnte. Absolut machbar!

Am Montagabend startete ich für meine abendliche Laufrunde bei Sonnenuntergang. Normalerweise folgte ich immer demselben Pfad, aber nach dem Tag, den ich gehabt hatte, brauchte ich ein paar Extrakilometer, um den Kopf freizubekommen. Heute hatte Rich Woodward angeordnet, dass jedes Mal wenn Angestellte in mein Büro kämen, um die Vorräte von Büromaterial aufzufüllen, sie in meiner Gegenwart ein Formblatt ausfüllen müssten. In dreifacher Ausfertigung. Ernsthaft?

Es war so, als wären wir in der High School und ich wäre zur Aufseherin und Hüterin der Stifte und Bleistifte gewählt worden. Als hätte mich mein Beruf vor dieser neuen Verordnung nicht schon genug deprimiert. Noch dazu hatte ich mich bei meiner Mam darüber beschwert, als wir telefonierten. Sie hatte nachdrücklich behauptet, dass mehr Verantwortung mit Jobsicherheit gleichzusetzen sei. Sie hatte das so absolut *nicht* verstanden. Oder halt mich eigentlich.

Ich schwang meine Arme schneller, und meine Füße folgten dem Rhythmus, bis leuchtende Farben durch meine Gedankenwelt rauschten. Lebenssprühendes Orange, Mandelbraun, Spritzer von knalligem Gelb. Meine Gedanken wirbelten, als ich meinen Pinsel vor mir sah, wie er über eine leere Leinwand strich und den freien Raum mit einer Welt voll Hoffnung füllte.

Ehe ich's mir versah, kam mein Wohnblock in Sicht, deshalb verlangsamte ich mein Tempo zum Gehen. Ich wischte mir die feuchte Stirn mit meinem Handrücken ab, während die Farben weiterhin in meinem Kopf tanzten und es mir bereits in den Fingern juckte, diese glücklichen Gedanken auf meiner Staffelei Realität werden zu lassen.

Ich zog meinen Schlüssel heraus, der sich leicht im Schloss drehen ließ, was mir sagte, dass ich meine Zeit verschwendet hatte, als ich meiner Schwester diesen Vortrag über Sicherheit gehalten hatte. Während mir der Schweiß an den Schläfen herabtropfte, stieß ich die Tür auf und platzte herein. „Mary Ann? Wie oft soll ich dir –"

Mein Mund erstarrte, als ich den Rücken eines (sehr gut gebauten) Mannes auf einer Leiter inmitten unseres Wohnzimmers ausmachte. Er trug eine Khakishort, die sein (ansehnliches) Hinterteil recht anschmiegsam umgab, als er die Sprossen der Leiter herabkraxelte.

Mary Ann hielt eine Seite der Leiter fest, beobachtete, wie er herunterstieg, drehte sich dann mit einem verschlagenen Lächeln zu mir um. „Hier lernst du unseren neuen Nachbarn von oben kennen, der so freundlich war, für mich eine Glühbirne auszutauschen."

Schweiß tropfte an meinem Kiefer und an meinem Kinn herunter, während ich die Augen zusammenkniff. Unsere Glühbirnen im Wohnzimmer hatten heute Morgen noch perfekt geleuchtet. Offenbar war in dem von meiner

Schwester geplanten Anschlag eine Glühbirne geopfert worden, um unserem arglosen Nachbarn einen Heldenkomplex zu verschaffen, wodurch ihr die Rolle der hilflosen Mamsell zufiel, die gerettet werden musste. Ein Witz!

Obwohl sie *tatsächlich* präzise in ihrem Urteil gewesen war, was die sehnigen Arme unseres Nachbarn betraf, als sie sie neulich beim Einziehen beobachtet hatte. Da musste ich ihr für diese Einschätzung wirklich Anerkennung zollen. Schauder! Diese Muskeln gaben mir das Gefühl, dass ich mit meinen Händen darüber streichen wollte und –

Der Mann drehte sich um, sodass er mir nun ins Gesicht sah.

„Hallo, Ginger!" Mandelbraune Augen tanzten amüsiert. „Oder sollte ich lieber sagen ‚hallo, Nachbarin'?"

„Du...er...wie...?" Intelligente Wörter fielen mir gerade nicht ein. Natürlich hatte mein Gehirn einen Adrenalin-Überschuss durch meinen Lauf, denn es schien mir so, als stünde Greg Shaffer in meinem Wohnzimmer und hätte gerade bestätigt, dass er mein neuer Nachbar sei. „Das passiert jetzt nicht wirklich."

Er zwinkerte mir zu. „Freut mich auch, dich zu sehen."

Mary Ann stemmte ihre Hände in die Hüften, und ihr Mund verwandelte sich zu diesem berüchtigten Schmollmund. „Ihr Leute kennt euch?"

„Nicht so gut, wie ich es gerne hätte." Er warf seinen Schraubenzieher in die Luft, fing ihn mit Leichtigkeit wieder auf, drehte sich dann zu Mary Ann. „Ich bat deine Schwester mit mir auszugehen, doch sie hat abgelehnt."

Mein Herz hämmerte in meiner Brust. „Das war vor einem Monat."

Mary Anns Kopf schnellte in meine Richtung, und sie deutete mit einem anklagenden Finger auf mich. „Du hast dich so verhalten, als wüsstest du nicht, wer unser neuer Nachbar ist."

„Wusste ich auch nicht." In meinem Kopf drehte sich alles. Greg hatte gerade gesagt, dass er mich besser kennen lernen wollte. Aber dennoch! Ich rief mir ins Gedächtnis, dass es nichts zur Sache tat, ob er an mir interessiert war. Ähm, große Familie, klingelt da was? Stressiger Beruf, der keine Zeit für die bessere Hälfte lässt? „Hast du gewusst, dass ich hier wohne, als du diese Wohnung gekauft hast? Stellst du mir nach? Bist du ein *Stalker*?"

Insgeheim erregte mich dieser Gedanke.

„Ich habe erst herausgefunden, dass du hier wohnst, nachdem ich mein Angebot für die Wohnung abgegeben hatte." Er durchquerte den Raum, ließ dann den Schraubenzieher in eine braune Werkzeugtasche fallen. „Ryan hat mir von dem Short-Sale-Angebot erzählt, und so konnte ich meine Wohnung zu einem Schnäppchenpreis bekommen. Nicht, dass dir nachzustellen ein undankbares Vorhaben wäre."

Mich durchlief ein Schauer, dann strafte ich meinen Körper innerlich ab wegen seiner verräterischen Reaktion.

Mary Anns Augenbrauen zogen sich zusammen. „Ich dachte, du verabredest dich mit der Hauptstadt von New Jersey."

„Tu ich ja." Verstohlen sah ich Greg an, dessen Kiefermuskeln sich anspannten.

Mary Ann andererseits erschien geradezu euphorisch und rieb sich die Hände. „Ich habe Trenton Davis online nachgeschaut und herausgefunden, dass er in der Zeitschrift *Sacramento Living* unter den Top Ten der begehrtesten Junggesellen war."

Ich verdrehte die Augen. Warum kümmerte sich jeder um Trentons Status in dieser Zeitschrift? Ich bin mir sicher, dass Greg ganz leicht zur Nummer Eins der Top Ten Junggesellen von Sacramento gewählt werden könnte. Das bedeutete aber gleichzeitig nicht, dass sein anspruchsvoller Beruf ihn nicht zur Flasche greifen lassen würde. Oder dass er deswegen Zeit für mich hätte.

„Du läufst gern?", fragte Greg und unterbrach damit die unangenehme Stille.

„Jeden Abend." Da die Eingangstür noch immer offen stand, stieß ich sie zu, dann wischte ich den restlichen Schweiß ab. Igitt! Nicht, dass es eine Rolle spielen würde, wie ich aussah, da ich ja sowieso nicht interessiert war, mich mit ihm zu verabreden. Ich schleuderte die Schuhe von den Füßen und wandte mich dann wieder ihm zu. „Das ist die beste Zeit, um zu laufen."

„Da bin ich anderer Meinung." Sein Mundwinkel zog sich hoch. „Jeder Morgen ist die beste Zeit zum Laufen. Deshalb habe ich es mir zur Gewohnheit gemacht."

Greg war ein Läufer? Interessant. ...

Ich machte einen Schritt nach vorn, schüttelte den Kopf und unterdrückte ein Grinsen. „Es gibt *nichts* Schöneres als die Sonne untergehen zu sehen, während du läufst."

„Wieder falsch." Er machte einen Schritt in meine Richtung. „Der Sonnenaufgang ist der unglaublichste Anblick, den es gibt."

Mary Ann stieß ein Geräusch der Entrüstung aus. „Wenn ihr beide mich mal entschuldigen wollt, ich muss unbedingt einen Anruf machen. Ja!"

Mein Mund zuckte belustigt bei Gregs wild entschlossener Miene. „Du bist ja recht starrköpfig in deinen Trugschlüssen."

„Und du bist sehr schlau und süß mit deinen fehlerhaften Schlussfolgerungen." Seine fantastischen Augen tanzten vergnügt, und er kam noch näher heran. „Ich versuche gerade, mir vorzustellen, wie umwerfend du aussehen wirst, wenn du erkennst, dass ich Recht habe."

Ich zog eine Augenbraue hoch. „Ist das eine Herausforderung?"

Er grinste, stand jetzt nur wenige Zentimeter von mir entfernt. „Definitiv! Obwohl ich morgen früh leider nicht laufen kann, da ich heute Abend Friedhofsschicht arbeite."

Augenblicklich fiel meine Laune in sich zusammen. Ach, die Arbeit! Wann hatte ich diese Entschuldigung vorher schon mal gehört? Genau! Mein. Ganzes. Leben. Lang. „Kein Problem. Jeder von uns ist berechtigt, seine eigene Meinung zu haben, also lassen wir es einfach dabei!"

Sein Gesicht verdüsterte sich. „Habe ich irgendetwas Falsches gesagt?"

„Nein", log ich, wobei ich vermied, ihm in die Augen zu sehen.

„Ginger..." Er seufzte, überraschte mich dann, indem er auf die Wand gegenüber meiner Couch deutete. „Dieses Bild ist fantastisch. Du bist sehr talentiert."

Ich folgte seiner Blickrichtung. Das rechteckige Gemälde war ein Meter zwanzig mal achtzig groß und zeigte weiße Wirbel und einen gelben Bogen über einem dunkelblauen Hintergrund. Ich hatte diese Szene gemalt, als mein Dad mir versprochen hatte, eine Entziehungskur zu machen. „Du hast dich daran erinnert, dass ich Künstlerin bin."

Seine Augen trafen meine. „Ich erinnere mich an alles, worüber wir in jener Nacht gesprochen haben."

„Ich auch." Schmetterlinge tanzten in meinem Bauch. Ich konnte nicht glauben, dass ich das gerade zugegeben hatte.

„Deine Malerei ist sehr emotional." Er umkreiste mit seiner Hand die weißen Wirbel, hielt dann bei den gebogenen, gelben Pinselstrichen inne. „Es fühlt sich an wie das Versprechen eines neuen Tages."

„Mehr wie ein gebrochenes Versprechen." Jeder Muskel meines Körpers erstarrte, als ich merkte, womit ich da herausgeplatzt war. Irgendwie war ich viel zu vertraulich Greg gegenüber geworden und wollte meine Worte so sehr wieder zurücknehmen.

Seine Augenbrauen zogen sich zusammen. „Wer hat dir gegenüber ein Versprechen gebrochen?"

„Beachte mich einfach nicht!" Mit einer wegwerfenden Handbewegung versuchte ich die Ernsthaftigkeit meines Geständnisses abzutun. „Das ist bloß die Künstlerin, die dramatisch ist. Das wird praktisch gefordert, wenn du diesen Titel haben willst, weißt du."

Er langte zu mir und strich mit seinen Fingern über meine Wange. „Ich will dich nicht ignorieren."

Mein Herz schmolz dahin. Ich wollte die Vernunft vergessen und ihm eine Chance geben. *Uns* eine Chance geben! Aber ich wusste, das war nicht praktikabel.

Ich trat einen Schritt zurück. „Es ist spät. Ich muss mich unbedingt sauber und fürs Bett fertig machen."

Sein Gesichtsausdruck zeigte Verwirrung. „Du weichst mir aus, aber ich komme nicht drauf, warum."

„Red keinen Unsinn!" Ich ging zur Tür, packte die Klinke und zog sie auf. „Vielen Dank nochmal dafür, unsere Glühbirne gewechselt zu haben!"

Mental krümmte ich mich, wie lahm das klang.

„Es war eine anstrengende Aufgabe, aber ich bin froh, dass ich helfen konnte." Er nahm seinen Werkzeugkasten und folgte mir zur Tür, dann hielt er auf der Schwelle inne. Er drehte sich um und beugte sich nah an mein Ohr, wobei sein Atem meine Haut kitzelte. „Wir werden diesen Lauf machen, weißt du. Es ist nur eine Frage, wann."

Über meine Brust tanzte ein Prickeln, und ich hatte das sichere Gefühl, dass er nicht nur vom Laufen sprach. Meine Kehle wurde trocken, und ich schluckte. „Auf Wiedersehen, Greg!"

Er straffte sich, wobei er einen Mundwinkel hochzog. „Gute Nacht!"

Sobald er sicher zur Tür draußen war, schloss ich sie und ließ mich rückwärts dagegen fallen. Die entfernten Geräusche seiner Fußtritte, wie er die Stufen zu seiner Wohneinheit hochstieg, hallten durch die Tür durch. Ich sog einen tiefen Atemzug ein, dann starrte ich auf den Wirbelwind der Emotionen in meinem Gemälde.

Nur, dass sie mich jetzt an Greg erinnerten.

KAPITEL DREI

Am nächsten Tag bekam ich von meinen Mitarbeitern eine Menge Klagen auf die Ohren, als sie für alles und jedes Büromaterial, das sie brauchten, unterschreiben mussten. Ich wiederholte stets: „Töte bitte nicht den Überbringer dieser Botschaft!", bis ich kurz vorm Explodieren war. Deshalb kreischte ich auch vor Freude auf, als Jill mich anrief und mich auf ein paar Drinks nach der Arbeit zusammen mit unserer Freundin Kristen einlud.

Nun saß ich also auf dem marineblauen Sofa in der Lounge des GEOFFRIES HOTELs, hob meinen Margarita vom Glastisch und umklammerte den Fuß des Glases, als wäre es der letzte Drink auf Erden. „Jeder muss ein Formblatt ausfüllen, auch wenn er nur einen Bleistift aus unserem Vorratsschrank holt, was wirklich lächerlich ist. Bis jetzt war Rich Woodward der coolste Boss, den ich je hatte. Jetzt legt er uns unters Mikroskop, obwohl wir überhaupt nichts falsch gemacht haben."

Kristen setzte sich zwischen Jill und mich aufs Sofa und hob einen Finger. „Ach, aber *irgendetwas* muss sich verändert haben, sonst hätte er sein Verhalten nicht geändert. Du weißt bloß noch nicht, was."

„Meinst du?", sagte ich und merkte dabei, dass sie Recht haben musste. „Daran hab ich nie gedacht."

Kristen Moore hatte eine gutgehende Ehe- und Familienberatungsstelle. Sie konnte einer jeden Sache auf den Grund gehen, wann auch immer wir ein Problem hatten. Einen Moment lang zog ich auch in Erwägung, sie wegen meiner andauernden, problematischen Anziehung zu Greg zu befragen. Heute Morgen war ich ihm zufällig begegnet, als ich mich auf den Weg ins Büro machte und er von der Arbeit zurückkehrte. Er zeigte mir ein ausgesetztes Kätzchen, das er gefunden hatte und das er fest entschlossen behalten wollte. Wie bewunderungswürdig war das denn?

„Tut mir leid, dass du so einen anstrengenden Tag hattest." Jill nippte an ihrem Chardonnay, dann weitete sich ihr Mund zu einem Lächeln. „Aber ich habe ein paar Neuigkeiten, die dich bestimmt aufmuntern werden, stell ich mir vor."

„Ich bin ganz Ohr." Ich legte meine Lippen an das Salzumränderte Glas – und die eisgekühlte, süß-saure Flüssigkeit berührte meine Zunge, wo das Aroma explodierte. Lecker!

Jill drehte sich so auf dem Sofa, dass sie uns direkt anschauen konnte. „Zuerst einmal will ich euch beiden nochmal für euren Beitrag zur Spendenaktion von *Schließe Freundschaften* danken. Wir haben genug Geld eingenommen, dass wir den Mietvertrag für ein Doppelhaus unterzeichnen konnten, wo jede Einheit zwei Schlafzimmer hat. Bob und ich haben mehrere Kandidaten, die wir dieses Wochenende ansprechen werden, wenn die Wohnungen bezugsfertig sind."

Kristen spielte mit dem dünnen schwarzen Strohhalm

ihres Mineralwassers mit Zitrone. „Das ist ja fantastisch, Jill. Herzlichen Glückwunsch!"

„Auf *Schließe Freundschaften*!" Ich stieß mit ihr an, dann genoss ich einen großen, erfrischenden Zug. „Du hast Recht. Das hat mich in der Tat aufgemuntert."

Jills Mundwinkel bog sich aufwärts. „Das ist eigentlich noch nicht die Neuigkeit, von der ich sprechen wollte."

Ich rührte meinen schaumigen, grünen Drink um. „Nicht?"

Sie schüttelte den Kopf. „Hört zu! Jenna McCoy von der Zeitschrift *Sacramento Living* war auch bei der Spendenaktion am Freitagabend zugegen. Sie möchte unbedingt einen Artikel über *Schließe Freundschaften* schreiben und über das Zuhause, das du up to date bringen willst. Mit Interviews, Fotos, Arbeitsfortschritten, das ganze Programm."

„Auf keinen Fall." Adrenalin jagte durch mich hindurch, obwohl ich noch gar nicht wusste, wessen Haus ich gestalten sollte. Aber ich konnte jeden Raum verwandeln. Je größer die Herausforderung war, desto besser! „Das wäre eine fabelhafte Darstellung für deine wohltätige Sache, Jill."

Kristen drückte meinen Unterarm, und ihre Miene machte klar, dass sie das von dem Artikel bereits gewusst hatte. „Das könnte auch die Werbung sein, die du brauchst, um dein eigenes Geschäft für Inneneinrichtung und Gestaltung zu eröffnen."

Meine Kehle schnürte sich zusammen, und meine Augen brannten. „Mein eigenes Geschäft?"

„Wir wissen alle, dass du nicht glücklich bist bei deiner Arbeit." Jills Worte kamen überstürzt heraus, als könnte sie es nicht erwarten, sie zu sagen. „Als ich letzte Woche mit dir bei diesem Kunstkurs war, leuchtete dein Gesicht, und ich erkannte, dass das deine Leidenschaft ist. Dann hab ich mit

eigenen Augen gesehen, wie du deine Wohnung eingerichtet hast... du hast eine Gabe, Ginger."

„Vielleicht könntest du in Teilzeit Inneneinrichtungen
gestalten, bis du genügend Kunden gewonnen hast, ehe du
den Sprung in die Selbständigkeit komplett wagst." Kristen
beugte sich zu mir. „Wir unterstützen dich, wie auch immer
deine Entscheidung ausfällt, aber wir glauben an dein
Talent und wollen, dass du glücklich mit deinem Beruf
bist."

„Es ist absolut deine Entscheidung." Jill nickte zustim-
mend. „Ich will nicht zu viel Druck auf dich ausüben, aber
Jenna muss bis morgen wissen, ob du daran interessiert bist,
dass das verbreitet wird. Es sind sechs Seiten dafür in der
nächsten Ausgabe vorgesehen, was bedeutet, dass du mit
der Wohnung des Gewinners sofort anfangen musst, damit
du in zwei Wochen fertig werden kannst."

In einer riesigen Welle wogten Ideen durch meinen
Kopf. Vorhänge. Teppiche. Große Sofas und kleine Sofas.
Vasen mit leuchtenden Blumen. ...

Ich quietschte, langte an Kristen vorbei und ergriff Jills
Hand. „Bitte sag Jenna, dass meine Antwort eindeutig und
unverrückbar *ja* ist! Ich wäre begeistert, wenn sie die ‚vorher‘
und ‚nachher‘-Fotos der Wohnung, die ich gestalte, also up
to date bringe, machen würde. Vielen Dank für diese Gelegenheit! Ihr könnt euch gar nicht vorstellen, was diese
Berichterstattung für mich bedeutet."

Jill rutschte näher zu Kristen und drückte meine Hand.
„Als ich dich darum bat, deine Dienste als Innenarchitektin als Spende anzubieten, hatte ich das Gefühl, dies
könnte eine Leben-verändernde Veranstaltung für dich
werden."

Mit verschleiertem Blick starrte ich meine Freundin an.
„Das ist unglaublich. Zum ersten Mal könnte ich wirklich

das Leben leben, das ich will, ohne dass mich irgendetwas zurückhält."

Kristen legte ihre Hände auf unsere. „Wir glauben an dich, Schätzchen."

„Vielen, vielen Dank, Leute!" Ich neigte den Kopf und fragte mich, ob jemand das Gebot von tausend Dollar meines Finanzberater, error, ich meine, meines Verabredungspartners überboten hatte. „Also, wessen Haus soll ich gestalten? Wer hatte das höchste Gebot?"

Jill hob ihr Glas. „Das ist ein weiterer Teil der guten Neuigkeiten. Du kennst ihn bereits."

„Trenton?" Energiewellen rasten durch mich. Wenn ich ihn vielleicht jetzt anrief, würde er mich heute Abend noch anfangen lassen.

„Nö." Sie schüttelte den Kopf. „Nicht Trenton. Greg Shaffer."

Mein Mund klappte auf, und mein Gesicht fühlte sich taub an. „G-Greg?"

„Ja." Aus ihrer Aktentasche holte sie ein Blatt Papier und reichte es mir. „Er hat das höchste Gebot verdreifacht. Schau her! Ist da nicht erstaunlich?"

Das war nicht gerade das Wort, das ich gewählt hätte.

Ich starrte auf die gekritzelten Ziffern, unfähig, all diese Nullen zu begreifen. Greg hatte ziemlich stark sichergehen wollen, dass er mit diesem Gebot auch gewinnen würde. Ich konnte dies alles kaum glauben. Um den Traum meines Lebens zu erreichen, musste ich die nächsten zwei Wochen ausgerechnet so verbringen, dass ich mit dem einen Mann nah zusammenarbeiten musste, der die Macht hatte, mir das Herz zu brechen.

Widerstreitende Emotionen stürmten durch mein Inneres. Angesichts dieser wahnsinnigen Hingezogenheit zu Greg müsste ich eigentlich unbedingt einen großen Bogen um ihn machen, damit meine verrückten Gefühle absterben würden. Andererseits hätte ich immer gern Kunst in meiner alltäglichen Arbeit eine Rolle spielen lassen; niemals hätte ich damals im College meinen Eltern klein beigeben sollen, als ich zu dem Studiengang gewechselt war, den sie als den geeigneteren angesehen hatten. Diesen Fehler könnte ich jetzt korrigieren.

Dies hier war die ideale Gelegenheit, meine Laufbahn zu ändern. Ich musste sie einfach ergreifen!

* * *

Nachdem ich von unserem Treff nach Hause zurückgekehrt war, muss ich mein Handy genommen haben und das, was ich sagen würde, ein Dutzend Mal geübt haben. „Hallo, hier spricht Ginger... Servus, ich bin das Mädchen vom unteren Stockwerk... Hey, du bist der Gewinner!" Oje!

Zu guter Letzt haute ich einfach seine Nummer in mein Handy und ließ die Worte irgendwie fallen, wie sie wollten, indem ich anfing, mich für seine großzügige Spende zu bedanken und ihm zu seinem Gewinn zu gratulieren. Als ich ihm von Jenna McCoys Angebot, einen Artikel über *Schließe Freundschaften* zu schreiben, erzählte, stimmte er zu, seine Wohnung fotografieren zu lassen, und war einverstanden, dass wir uns heute Abend für das erste Beratungsgespräch treffen könnten. Super!

Fünfzehn Minuten später trottete ich mit meinem Skizzenblock in der Hand die Treppe hoch zu seiner Wohnung. Ich klopfte an die Tür und rief mir ins Gedächtnis, die Sache professionell angehen zu lassen, wie eine Innenarchitektin von Beruf, und einen professionellen Abstand meinem Kunden gegenüber zu wahren. Als die Eingangstür aufging, klinkten sich Gregs Augen in meine ein, und sein Mund bog sich aufwärts.

Mir blieb die Luft im Hals stecken. Mit Leichtigkeit könnte er Sacramentos Nummer Eins der begehrtesten Junggesellen sein. *Wow!* Er hatte einfach ein kurzärmeliges Hemd an, das sich über seine muskulöse Brust spannte und eine Khakishort, die die starken Beine eines Läufers zeigten. Er sah heiß aus. Absolut heiß!

Nein, Ginger! Eine Innenarchitektin von Beruf würde sich *nicht* darauf konzentrieren, wie umwerfend gut ihr Kunde aussah. Sie würde sich um ihren Auftrag kümmern. Ich räusperte mich. „Guten Abend.“

Sein Mund zuckte belustigt. „Selber guten Abend!“

Oh Mann! Musste er sich so bewunderungswürdig anhören, wenn er mich begrüßte?

Ich packte meinen Skizzenblock fester und sagte: „Ich weiß es sehr zu schätzen, dass ich so kurzfristig kommen darf. Jenna hat eine Frist, deshalb müssen wir das Beratungsgespräch gleich führen, damit ich mit dem Projekt möglichst bald beginnen kann.“

Er lehnte sich an die Tür mit seinem neuen Kätzchen in der einen Hand. „Hast du beschlossen, dafür auf deinen Abendlauf zu verzichten?“

Ich wickelte eine dunkle Haarsträhne um meinen Finger, bemerkte, dass er vom Geschäftlichen abgedriftet war. Ich merkte auch, wie süß er aussah, wie er dieses Kätzchen hielt, aber ich konnte mich zurückhalten, es zu streicheln, da ich nur wegen der Arbeit hier war. „Dieses erste Treffen ist wichtig. Du hast einen Haufen Geld für meine Gestaltungsdienste bezahlt. Da habe ich vor, die Aufgabe bestmöglich zu erledigen. Im Interesse der Wohltätigkeit natürlich!“

So! Zurück in der Spur.

Er hielt die Tür auf. „Dann fangen wir mal an! Hättest du gerne einen Drink? Mineralwasser, Eistee, Saft?"

Meine Kehle fühlte sich ausgedörrt an, und Fachleute mussten auf ausreichend Flüssigkeitszufuhr achten, nicht wahr? „Ich hätte gerne etwas Wasser. Danke."

Ich ging rein, und der Geruch nach frischer Farbe umwehte meine Nase. Weiße Wände, ein neuer beiger Teppichboden und ein offener Grundriss. Das würde Riesenspaß machen.

„Wir müssen unbedingt zuerst deine Erwartungen diskutieren und dann dein Budget", sagte ich, während ich ihm in die Küche folgte. Heller, marmorierter Granit als Arbeitsfläche. Dunkle Küchenschränke. Glänzende Edelstahlgeräte und Armaturen. Das hier hatte ganz schön Geld gekostet, und alles sah brandneu aus. „Hast du die Küche selbst eingerichtet?"

„Ein Willkommensgeschenk meiner Mam." Mit einer Hand holte er mir ein frisches Glas Wasser vom Wasserbereiter auf seinem Kühlschrank, während er in seiner anderen immer noch das graue Kätzchen hielt. „Sie hat es letzte Woche machen lassen, nachdem ich die abschließenden Papiere des Kaufvertrages unterzeichnet hatte."

„Das ist alles wunderschön geworden." Seine Mam muss sehr großzügig sein. Meine Eltern hatten nicht einmal einen Blumenstrauß geschickt, als ich in meine Wohnung ein Stockwerk drunter eingezogen war. Es war nicht so, dass ich sie gekauft hatte, aber ich hatte diese Wohnung doch zu so etwas wie meinem Heim gemacht, und das sollte wenigstens etwas zählen. „Ich nehme an, dass du hier nichts verändert haben willst."

„Das sagst du mir." Er stellte das Glas auf der Theke neben mir ab. „Ich bin Arzt, kein Innenarchitekt."

„Ich bin eigentlich Büroleiterin." Ich fand, wir sollten

gleich von Anfang an reinen Tisch machen. Ich hob mein Glas, nahm einen Schluck, und die kühle Flüssigkeit fühlte sich einfach himmlisch an, wie sie meine Kehle hinunterlief. „Bis jetzt war das Einrichten und Gestalten mein Hobby, hauptsächlich für mich selbst. Aber ich habe auch bei der Renovierung eines Hauses meiner Freundin geholfen."

Er lehnte sich an die Theke, und das Katerchen miaute leise, ehe er mit der Pfote nach einem Bleistift, der dort lag, schlug. „Ich fühle mich geehrt, dein erster offizieller Kunde zu sein."

Während ich eine Haarsträhne zwirbelte, hob ich meine Lider. „Ich hoffe, du bist von meinen nicht vorhandenen Referenzen nicht allzu enttäuscht. Ich weiß, wie viel Geld du bei der Versteigerung bezahlt hast, und ich will nicht, dass du dich in irgendeiner Weise betrogen fühlst."

Er straffte sich. „Ich habe mein Gebot nicht abgegeben, weil ich einen ausführlichen Lebenslauf erwartet habe."

Somit konnte ich die nagende Frage stellen, die schon die ganze Zeit in meinem Verstand brannte. „Warum hast du es dann abgegeben?"

Falls die Antwort das war, was ich vermutete, dann würde ich klar machen müssen, dass diese Gestaltung rein geschäftlich war. Ich wollte sicherlich nicht, dass er dachte, er hätte eine Chance auf mehr als Freundschaft mit mir.

Sein Gesichtsausdruck wurde ernst. „Ich habe aus einem besonderen Grund für dieses Versteigerungsobjekt geboten: die Fotos, die du gerahmt auf dem Auktionstisch ausgestellt hast. Das ‚vorher'-Bild zeigte eine sterile Umgebung, die alle Zutaten eines Hauses hatte, aber kein Heim war. Es hatte kein Herz."

Meine Hand rutschte weg, das Glas landete mit einem

Klirren auf der Theke. Er beschrieb genau das Gefühl, das ich gehabt hatte, als ich die Wohneinheit anmietete.

„Dein ‚nachher'-Bild zeigte eine Wohnung, die verwandelt war, mit Farben und Wärme angefüllt war – ein Heim, in das ich gerne jede Nacht zurückkommen wollen würde. Oder jeden Morgen, je nach meinem Arbeitsplan", witzelte er.

Ich kicherte, als ich daran dachte, dass er gerade Friedhofsschicht, also Nachtschicht, von Mitternacht bis acht Uhr morgens, arbeiten musste.

Er streichelte den winzigen Kopf des Kätzchens. „Ich möchte, dass du mit dieser Wohnung das Gleiche anstellst. Mach daraus ein Heim! Ganz einfach."

„Oh", sagte ich, und mein Inneres glühte durch dieses Kompliment. Dann erhitzten sich meine Wangen, und ich schaute weg. Schätze, da war ich doch ziemlich daneben gelegen mit meiner Annahme, dass er bei der Versteigerung für meine Dienst geboten hatte, weil er mich mochte! Das war mir vielleicht peinlich!

Er setzte das Kätzchen auf die Theke und neigte den Kopf in meine Richtung. „Du hast vielleicht gedacht, dass ich das Paket ersteigert habe, weil ich mich mit dir verabreden wollte?"

„Auf keinen Fall", spottete ich, obwohl er genau meine Gedanken gelesen hatte. Das Kätzchen tappte zu mir herüber, rieb seine weiche Wange in meine Hand, und ich war froh für die Ablenkung. „Wir sollten wieder auf das Geschäftliche zurückkommen. Lass uns über die Stilrichtung sprechen, damit wir die Auswahl eingrenzen können auf das, was du wirklich willst."

„In Ordnung." Er nahm das Kätzchen hoch und deutete Richtung Wohnzimmer. „Wir können meinen Stil, beziehungsweise den Mangel davon, hier drüben auf meinem sehr unmodernen Sofa diskutieren."

Meine Wangen brannten, während ich zu seinem Sofa hinüberging, konnte dabei einfach nicht glauben, dass ich zugelassen hatte, dass meine Gedanken schon wieder persönlich geworden waren. Das war vielleicht beschämend!

Er passte sich meinem Schritt an, dann drehte er sich zu mir. „Ich habe dein Angebot wegen deines Talents ersteigert. Stimmt. Aber das bedeutet nicht, dass ich nicht *auch* gerne mich mit dir verabreden will. Falls du dich gewundert hast."

„Hab ich nicht." Ich versuchte, eine ausdruckslose Miene beizubehalten, um meine professionelle Würde aufrechtzuhalten, aber ich konnte spüren, wie meine Mundwinkel zuckten.

Er zwinkerte mir zu. „Bin froh, dass wir das geklärt hätten."

„Ich auch", sagte ich, doch ich konnte das Lächeln, das über mein Gesicht huschte, nicht kontrollieren.

KAPITEL VIER

Nachdem wir verschiedene Zeitschriften durchgeblättert hatten, entschieden Greg und ich uns für einen traditionellen, klassischen Stil bei der Inneneinrichtung seiner Wohnung. Schlicht, mit geraden Linien, aber gleichzeitig warm und einladend. Am Mittwochnachmittag machte Jenna von der Zeitschrift *Sacramento Living* die ‚vorher‘-Fotos von seiner Wohnung während meiner Mittagspause, sodass ich auch da sein konnte, um die Frau zu treffen, die meinem eigenen Einrichtungsunternehmen den Startschuss verpassen könnte.

Wegen der eng gesetzten Frist versprach ich, das erste Zimmer bis Freitag fertig gestellt zu haben, da sie sowohl vom Verlauf als auch vom Endergebnis der Gestaltung berichten wollte. Nach der Arbeit deckte ich mich mit Farben ein und rekrutierte Mary Ann als meine Assistentin.

„Das ist *dein* Projekt." Mary Ann saß auf der Plane, die ich auf dem Boden von Gregs Arbeitszimmer ausgebreitet hatte, um seinen neuen Teppichboden zu schützen. Sie wirbelte mit einem Pinsel in ihrer Hand herum. „Ich verstehe einfach nicht, warum ich ein Teil dieser ganzen

48

Sache hier sein muss. Ich könnte gerade auf meinem zweiten Date mit Liam sein."

Ich tauchte meine Bürste in die beige Farbe ein. „Ich dachte, du gehst nicht öfter als einmal mit einem Typen auf ein Date."

„Nein, meine Regel ist, dass ich nicht öfter mit einem Typen auf ein Date gehe, bis ich gelangweilt bin. Es ist nicht meine Schuld, dass das meist nach dem ersten Date der Fall ist."

Ich hielt meine Hand ruhig und glitt mit der Malerbürste vorsichtig an der Türzarge entlang, um eine gerade Linie zu halten. „Könntest du mir bitte diesen Gefallen tun? Wenn schon nicht deshalb, um zu deiner Schwester nett zu sein, dann wenigstens deshalb, weil du mich mit deinem Mietanteil für diesen Monat sitzen gelassen hast." Ich hielt inne und starrte mein Schwesterchen mit loderndem Blick und hochgezogener Braue an. „Ich schwimme ja nicht gerade im Geld."

Sie seufzte und wedelte mit ihrem Pinsel. „Eine Innenarchitektin von Beruf würde einen Maler anheuern und nicht selber streichen."

„Jede normale Mitbewohnerin würde ihren Anteil der Miete selber zahlen", schoss ich zurück, dann tauchte ich meine Bürste wieder in den Farbeimer. Eintauchen. Streichen. Malen. Wiederholen. „Außerdem wird das Malen ein Teil meines Unternehmens werden. Meine Kunden werden mehr bekommen als bloße Gestaltung, wenn sie Up to Date by Ginger Nielsen haben wollen. Ich denke an modernste Maltechniken, abstrakte Bilder... alles, was sich ein Kunde nur wünschen kann."

„Up to Date ist wirklich ein cooler Geschäftsname." Sie ließ ein winziges Grunzen vernehmen, stand auf und tätschelte sich ihren Bauch. „Du kannst aber nicht von mir erwarten, dass ich mit leerem Magen arbeite. Ich werde mal nachschauen, was unser heißer Nachbar in seinem Kühlschrank hat."

Greg war vor einer halben Stunde zum Einkaufen gegangen, und ich wusste nicht, wie lange er weg sein würde. Auf keinen Fall wollte ich, dass er zurückkäme und Mary Ann dabei erwischen würde, wie sie in seiner Küche herumschnüffelte. Das wäre entschieden unprofessionell.

„Wage ja nicht, Gregs Essen anzurühren!" Ich blockierte den Türdurchgang und deutete auf die Ecke, die sie auf meine Bitte hin streichen sollte. Dann machte ich eine kreisende Bewegung mit meinem Finger. „Er ist *mein* Kunde. Ich bin hier, um sein Arbeitszimmer zu erneuern, nicht um seinen Kühlschrank zu plündern. Jetzt dreh dich um und fang endlich an!"

Sie verdrehte die Augen, tat aber, was ich ihr befohlen hatte. Endlich! „Es ist ja nicht so, als würde es ihm etwas ausmachen, wenn wir uns einen kleinen Snack holen würden. Ich bin sicher, er würde dir alles geben, was auch immer du willst. Er ist so offensichtlich in dich verknallt!"

„Ist er nicht!" Obwohl seine Worte, dass er sich mit mir verabreden wollte, durch meinen Kopf rollten und mich dazu verführten, zu vergessen, was vernünftig war, und einfach nachzugeben. Aber hallo? Ich musste realistisch sein. Notarzt! Erinnerst du dich? Es war ein ehrbarer Beruf, aber dieser Beruf bedeutete auch Stress, abgesagte Verabredungen und ihn dabei zu beobachten, wie er damit zurechtkam, mit dem Verlust von Patienten fertigzuwerden. Jahr um Jahr. Und wir alle wussten, wie mein Dad damit fertiggeworden war: mit seinem Kumpel Scotch. Das wollte ich in meinem Leben auf gar keinen Fall mehr erleben.

„Denkst du, ich bin blind?" Sie tupfte mit ihrem Pinsel die Ecke der Wand im Schneckentempo entlang. Eigentlich war ich mir ziemlich sicher, dass sich Schnecken schneller bewegten. „Ich musste unsere Glühbirne zu Tode schütteln, um diesen prachtvollen Kerl in unser Wohnzimmer zu bekommen. Dann kommst du herein, ganz schmuddelig und verschwitzt, und er kann seine Augen nicht mehr von dir losreißen."

Ein Bild von ihm, wie er auf seinem Heimweg von der Arbeit heute Morgen an mir vorüberkam, erschien in meinem Kopf. Sein Lächeln fing an, sich viel zu vertraut anzufühlen. „Warum muss mir das passieren?"

„Du gehst am Freitagabend mit einem berühmten Typen aus, und unser wahnsinnig attraktiver Nachbar von oben ist heiß auf dich." Sie warf mir einen ‚bitte verschon mich' Blick zu. „Da muss ich jetzt nicht gerade Mitleid mit dir haben."

„Es gibt viel mehr über Greg zu sagen als nur, dass er heiß ist." Ich wurde gerade mit dem Kantenstreichen fertig und tauschte meinen Pinsel mit der Lammfellrolle. „Er ist klug, witzig, und ganz definitiv mag ich ihn. Aber er ist Notarzt, und wir wissen beide, was das bedeutet."

Sie riss die Augen auf. „Kostenlose Gesundheitsfürsorge?"

„Druck." Ich goss Farbe in eine silberne Pfanne, bewegte meine Rolle darüber, strich sie am Abrollgitter ab und begann dann, über die Wand zu rollen. „Es wird ihn angreifen, wenn er Patienten verliert. Er wird einen Weg finden müssen, mit dem Schmerz fertigzuwerden. Ich will nicht noch einen Alkoholiker in meinem Leben. Ein Arzt ist nicht die richtige Person für mich."

„Also verabrede dich bloß mit ihm und lass ihn dann stehen!" Ihre Stimme hatte den Beiklang von ‚logo' in ihrem Tonfall. „Diese Methode wirkt Wunder bei mir."

Ich runzelte die Stirn. „Greg ist nicht der Typ, um einfach nur ein kurzes Techtelmechtel zu haben."

„Überzeuge ihn!" Sie zuckte vielsagend mit ihren Augenbrauen. „Ich bin sicher, da bräuchte es nicht viel, so wie er dich mit den Augen verschlingt."

„Er ist viel vernünftiger als das. Das kann ich dir sagen." Ich schüttelte den Kopf und rief mir ins Gedächtnis, dass ich von meiner jüngeren Schwester nicht mehr erwarten konnte. Sie hatte schon seit Jahren keine echte Beziehung mehr gehabt. „Außerdem verabrede ich mich nicht mit einem Typen, der Kinder haben will. Ende der Durchsage."

„Du denkst viel zu viel über alles nach. Das ist schädlich für dein Liebesleben." Sie bewunderte die eine Ecke, die sie gerade fertiggestellt hatte, dann legte sie ihren Pinsel auf den Farbeimer, als wäre sie fertig. „Was ist mit New Jersey? Gibt es da irgendwelches Potential?"

„Ich gebe ihm eine Chance. Kaitlin findet, dass wir großartig zusammenpassen." Ich kletterte auf die Leiter, um die oberen Bereiche näher an der Decke zu erreichen. „Obwohl bei uns die Chemie irgendwie nicht stimmt. Nicht wie mit..." Meine Stimme verebbte.

„Unserem sehr gut gebauten Nachbarn von oben? Ha!" Sie hüpfte zu mir herüber und machte ein ziemliches Theater, indem sie lauter küssende Gesichter schnitt. „Ich wusste, dass du auf ihn stehst. Du *willst* Greg. Gib's zu!"

Ich knirschte mit den Zähnen, während ich mit der Walze über die Wand fuhr. „Das ist nicht wahr."

Sie bohrte mir ihren Finger in den Rücken, dann begann sie zu singen. „Ginger mag Greg!"

Oh Mann, meine kleine Schwester konnte vielleicht nerven wie niemand anderer! „Wir sind nicht in der Mittelstufe, also hör auf, mir solche Rückblicke zu verschaffen!

Ich hab dir schon gesagt, dass ich mich nicht mit Greg verabreden will."

Genau da bemerkte ich, dass Greg im Türrahmen stand. Ich zuckte zusammen und fragte mich, wie lang er wohl schon hier war und wie viel er gehört hatte. Mary Ann würde eine ellenlange Strafpredigt von mir zu hören bekommen!

Seine Augenbrauen hoben sich, und er grinste. „Wurde ich gerade wieder erschossen? Obwohl ich nicht einmal anwesend war, um mich zu verteidigen?"

Ich warf Mary Ann, die den Anstand hatte, entschuldigend zu erscheinen, einen stechenden Blick zu.

„Ich befürchte ja." Mary Ann klatschte in die Hände. „Aber, falls es etwas zählt, ich habe dich unterstützt."

„Vielen Dank." Er streckte seine Faust aus, und sie stießen mit den Knöcheln aneinander, als würden sie sich schon Jahre kennen. Verbündeten sie sich etwa gegen mich?

„Gern geschehen." Sie schoss mir einen schnellen Blick zu. „Ich nehme an, mit dieser minderen Arbeit bin ich meinen ausstehenden Mietverpflichtungen nun nachgekommen. Wenn ihr beide mich jetzt entschuldigen wollt. Ich muss runterlaufen und etwas essen. Ich bin am Verhungern!"

Ich starrte ihr nach und konnte nicht glauben, dass sie die Nerven dazu hatte. Ich fragte mich auch, wie viel Greg von unserer Unterhaltung wohl mitgehört hatte.

„Es tut mir leid", sagte ich und stieg von der Leiter herunter. „Du hast mich angeheuert, um eine Aufgabe zu erledigen, und ich dachte, Mary Ann könnte eine Hilfe sein. Natürlich hätte ich es besser wissen müssen."

Seine Brauen zogen sich zusammen. „Gerade habe ich es erst bemerkt... Ginger und Mary Ann, wie bei *Gilligan's Island*."

Ich stieß ein kleines Lachen aus. „Meine Eltern sind Riesenfans dieser Sendung. Mary Ann und ich verbrachten viel Zeit unserer Kindheit damit, zu überlegen, was wir tun würden, um zu überleben, wenn wir auf einer einsamen tropischen Insel stranden würden. Doch jetzt hätte ich eigentlich nichts dagegen, sie auf so einer auszusetzen."

Greg kicherte. „Da sie deine Malergehilfin ist, bin ich mir nicht sicher, ob das praktikabel wäre."

Praktikabel. Ja, ich musste vernünftig bleiben, was mit einschloss, *nicht* darüber zu sprechen, mich mit meinem Kunden nicht zu verabreden, weil er mich eventuell belauschen könnte. Wie doof war ich eigentlich?

Miau! Miau!

Ich bückte mich und machte gurrende Geräusche zu Gregs kleiner Katze, die hereingekommen war. „Vorsichtig, kleines Kerlchen, sonst bekommst du Farbe auf dein Fell! Und glaub mir, die willst du ganz sicher nicht abschlecken!"

Greg hockte sich hin und nahm sie wieder in die Arme. „Ich nenne sie The Skipper."

Meine Augenbrauen zogen sich zusammen, und ich betrachtete Greg prüfend. „Du meinst ‚Skipper', nicht wahr? Denn ‚The Skipper' klingt so, als würdest du sie nach *Gilligan's Island* nennen..."

Er grinste.

Mein Mund klappte auf. „Im Ernst?"

Miau! Miau!

„Siehst du?" Er kraulte das Kätzchen hinter den Ohren. „The Skipper mag seinen neuen Namen."

Oh, mein ...! Dieser Typ war äußerst irritierend... und berauschend.

Ich stand auf, schnappte mir die Farbwalze, dann kletterte ich wieder die Leiter hinauf. Mein Herz hämmerte in meiner Brust, während ich damit mit viel mehr Kraft als nötig über die Wand rollte. Er half mir nicht gerade dabei, emotional Distanz zu ihm zu halten, indem er seine Katze The Skipper nannte. Dieser Mann war einfach so *frustrierend*! Dann hörte ich ein Geräusch hinter mir, drehte mich um und sah, dass Greg die andere Wand strich. Die Arbeitszimmertür war zu, und The Skipper musste nach draußen verfrachtet worden sein, denn er war nirgends mehr in Sicht.

Oh, nein! Jetzt hatte ich bereits angefangen, von der Katze als The Skipper zu denken. Würg!

Ich wischte mir mit dem Handrücken über die Stirn. „Was glaubst du tust du hier?"

Verwirrt betrachtete er seine Farbwalze. „Streichen natürlich."

„Warum?" Ich presste meine Lippen zusammen. „Du hast für diesen Dienst bezahlt. Der Kunde hilft dem Fachmann nicht bei seiner Arbeit."

Sein Mundwinkel zuckte hoch. „Du bist süß, wenn du starrköpfig bist. Und ich sage es dir nur ungern, aber der Fachmann tut, was auch immer der Kunde will. Innerhalb vernünftiger Grenzen." Er schoss mir einen eindringlichen Blick zu, der mich dazu brachte, mich zu fragen, was er wohl sonst noch wollte, was ich tun sollte.

Ich erschauerte, dann sammelte ich mich wieder und stieß verzweifelt den Atem aus, als er mit dem Streichen weitermachte. „Ich bin daran gewöhnt, allein zu arbeiten, Greg. So ist es einfacher."

Er wandte sich um und warf mir über die Schulter einen bedeutsamen Blick zu. „Wappne dich! Du wirst schon noch sehen, wie viel besser das Leben mit einem Partner sein kann!"

Mein Kopf schnellte herum, und ich bearbeitete die Wand mit voller Kraft. Ich hatte einen verrückten, außer-

Kontrolle-geratenen Kunden. Das war die einzige plausible Erklärung. Ich meine, The Skipper? Wie konnte er sein Kätzchen so nennen? Das war einfach haarsträubend. So völlig neben der Spur! Und doch so verdammt *schlau*.

Nein, ich wollte mich nicht beruhigen. Rational denken. Das Leben war weniger stressig, wenn ich mich nur um mich selbst zu kümmern brauchte. Ich würde noch die übrigen Räume gestalten, Jenna würde die Fotos für den Artikel machen, und in zwei Wochen hätte ich ihn mir für immer wieder vom Leibe geschafft. Wenn da nicht die Tatsache wäre, dass er oben wohnte. Seufz!

Greg aus meinem Leben rauszuhalten wurde von Tag zu Tag zu einer größeren Herausforderung. Aber ich musste eine Möglichkeit finden. Je mehr Zeit ich mit ihm verbrachte, desto mehr fühlte ich mich zu ihm hingezogen. Und diese Gefühle würden letztendlich irgendwann implodieren.

Auf einmal begann Greg die Melodie von ‚Reunited‘ von Peaches and Herb zu pfeifen. Anstatt genervt zu sein, wanderte bei diesem romantischen Song, zu dem wir in jener Nacht getanzt hatten, ein Kribbeln meinen Nacken hinauf. Ich erinnerte mich an das Gefühl, als er seine Arme um mich gelegt hatte, warm und wunderbar. Nicht gut! Schauer vibrierten an meinen Armen hinunter und drängten mich dazu, zu vergessen, was praktikabel war, und mich stattdessen lieber wieder in seine Arme zu schmiegen.

* * *

Laurel Anns reizende Boutique In der Altstadt von Sacramento hatte einzigartige Accessoires zur Wohnkultur, und dort wollten Rachel und ich uns am nächsten Tag einmal umsehen. „Ich strenge mich total an wegen Ellens Babyparty. Ich will, dass alles für sie perfekt ist, aber du weißt ja, wie anspruchsvoll sie manchmal sein kann."

„Auf jeden Fall sehr pflegeaufwändig." Im Gegensatz zu Greg, der mir einen Blankoscheck ausgestellt hatte, sein Heim mit Hilfe seiner Kreditkarte so zu gestalten, wie ich es für am besten erachtete. Kein Druck. Ich betrat das durch die Klimaanlage angenehm kühl temperierte Geschäft, und kühle Luft liebkoste meine Haut. „Wenigstens hast du eine genaue Liste, nach der du vorgehen kannst. Ich muss fristge-recht kreativ sein."

Sie warf mir einen mitleidlosen Blick zu. „Meine Liste ist mit kühnen Schriftzeichen getippt und viel zu vielen Sternchen versehen. Wie kann denn *jedes Ding* eine Priorität sein? Ich werde das hier vermasseln, und sie wird mich hassen."

„Du bist ihre beste Freundin. Sie wird nicht gleich durchdrehen, wenn irgendetwas nicht hinhaut." Obwohl Ellen immer noch nicht vergessen hatte, dass Rachel ihren Miniatur-Beagle in das Fünf-Sterne-Restaurant mitgebracht hatte, wo Ellen und Henry ihr Probe-Abendessen abge-halten hatten. Rachel liebte ihr Haustier und behandelte ihn wie ein Familienmitglied – ein *behaartes* Familienmit-glied, das Haare verloren und gegeifert hatte, während die Leute gegessen hatten. Ellen war ausgerastet.

Als ich so an Ellens Hündchen dachte, fiel mir The Skipper ein, und ich schüttelte den Kopf, um den Gedanken zu verjagen. Ich musste einen Job erledigen – in fünfund-vierzig Minuten oder weniger, da wir hier in unserer Mittagspause waren. „Ich bin sicher, die Babyparty wird wunderbar sein. Wir werden alle an diesen zum Schein schmutzigen Windeln riechen, lachen und uns herrlich amüsieren."

„Hoffen wir mal!" Sie seufzte, begutachtete ein paar

Kerzen, während wir durch die Gänge stöberten. „Wonach suchst du denn?"

„Nach Dekoration für Gregs Arbeitszimmer, die mich irgendwie inspiriert." Ich betrachtete sondierend all die tollen Sachen und wartete darauf, dass mich irgendetwas ansprang. Schnell natürlich, denn ich hatte ein Zeitlimit. „Jenna macht bereits morgen Mittag die erste Runde der ‚nachher'-Fotos für eine Doppelseite ihrer Zeitschrift. Dieser Artikel wird meine erste echte Referenz für mich als Innenarchitektin sein, deshalb muss das Arbeitszimmer perfekt werden. Wenn ich es nicht schaffe, Jenna zu begeistern, dann kann ich mich von meinem Traum gleich wieder verabschieden."

„Setz dich selber nicht zu stark unter Druck!" Sie folgte mir in den hinteren Teil des Geschäfts und blieb neben mehreren gerahmten Kunstwerken stehen. „Der Sinn und Zweck, den Beruf zu wechseln, ist, dass du dich an deiner Arbeit erfreuen kannst."

„Pff!" Klar, aber das war, bevor ich wusste, dass ich mit Greg Shaffer arbeiten musste. Dank ihm hatte ich die ganze Nacht nicht schlafen können. Ich hatte mich unruhig in meinem Bett hin und her gewälzt, mich dabei noch um The Skipper gesorgt, der die ganze Zeit allein in Gregs Wohnung war, während Greg in der Arbeit war. Ich fragte mich, ob *Sacramento Living* jede Spur von den dunklen Ringen unter meinen Augen beseitigen könnte. ...

Rachel berührte mich am Arm, und ich erschrak. „Ist alles in Ordnung? Ich habe dich schon zweimal gefragt, ob dir dieses Bild gefällt, und du hast immer noch nicht geantwortet."

„Tut mir leid." Ich setzte ein falsches Lächeln auf und betrachtete die eingerahmte Landschaft, die zwar ganz hübsch war, aber sich so gar nicht nach Greg anfühlte.

Andererseits war es ja nicht so, als wüsste ich recht viel von ihm. Außer, dass er witzig, süß und hilfsbereit war und sein Kätzchen mit Zuneigung überschüttete. „Ich bin bloß gestresst wegen... diesem Interview für die Zeitschrift."

Ehrliche Feststellung. Der Artikel kam noch dazu zu meiner stetig anwachsenden Liste von stressigen Dingen zusammen mit Greg, meiner Schwester, meinen Eltern und dem Job, der mich vorher gelangweilt hatte und mich jetzt plagte dank der neuen Neigung meines Chefs zu übergenauem Kontrollwahn.

„Ginger?" Ihre rechte Augenbraue hob sich. „Rede mit mir! Bist du besorgt wegen deines Dates morgen Abend?"

„Meines was? Ach ja, richtig..." Ich seufzte, da ich mein Date mit Trenton Davis morgen Abend total vergessen hatte. Wahrscheinlich würden eine Million Frauen dafür sterben, mit Rochelle Richards Ex-Freund auszugehen, aber ich konnte mich nur auf den Typen konzentrieren, der für mich der Falsche war. „Ich bin nicht sicher, was ich von Trenton halten soll. Er ist nett. Kaitlin findet, wir geben ein gutes Paar ab, aber seine Faszination für all dieses finanzielle Zeug lässt mich nicht wirklich dahinschmelzen."

Auf einmal rollten die Worte des Liedes ‚Reunited' von Peaches and Herb durch meinen Verstand – die Melodie davon ertönte als Pfeifen. Absolut wert, schwach zu werden! Ich legte mein Handgelenk an meine Stirn. Warum konnte ich Greg einfach nicht aus meinem Kopf bekommen?

Rachel räusperte sich. „Du bist offensichtlich abgelenkt. Hat das irgendetwas mit dem Typen zu tun, mit dem du bei der Spendenveranstaltung am Freitagabend zusammengestoßen bist?"

Meine Augen flogen auf. „Woher weißt du von ihm?"

„Kaitlin hat's mir erzählt." Rachel nahm einen Duft-Zerstäuber zur Hand, schnüffelte daran, dann hielt sie ihn mir hin, damit ich eine Nase voll nehmen konnte. „Sie sagte, dass du ganz übersentimental wurdest wegen eines heißen Typen. Ein Freund von Ryan oder so."

„Sie sind seit Grundschulzeiten miteinander befreundet", sagte ich und atmete Sandelholz ein. Das Öl erinnerte mich an einen Waldlauf. Eindeutig Greg. Ich überprüfte den Preis. „Das riecht wirklich köstlich."

Genau so wie Greg duftete. ...

„Manchmal bin ich echt hilfreich." Rachel lächelte, dann probierte sie einen anderen Zerstäuber. „Vielleicht könntest du ein gutes Wort für mich einlegen bei meiner BFF (Besten Freundin für immer). Sag Ellen, wie toll ich bin, damit sie nicht ausflippt, wenn ich ihre Babyparty ruiniere!"

„Setz dich selber nicht zu stark unter Druck!" Ich grinste, als ich ihr ihre eigenen Worte zurück an den Kopf warf. „Der Sinn und Zweck einer Babyparty ist, sich zu amüsieren."

„Die Party an sich schon. Die Planung dafür nicht so sehr." Sie beäugte einige Figurinen am Ende des Ganges und hob einen kleinen Engel in einem blauen Gewand an. „Der ist süß!"

Ich riss die Augen auf. „Der passt doch nicht in das Arbeitszimmer eines Mannes."

Sie verdrehte die Augen. „Ist doch für Ellens Baby, Dummerchen!"

„In diesem Fall ist er herzig." Ich lächelte, dann betrachtete ich die übrige ausgestellte Ware, wobei mein Blick an einer bronzenen Statue eines Katerchens hängenblieb. Er saß aufrecht da, mit einem konzentrierten Gesichtsausdruck, sein Vorderpfötchen erstarrt in der Bewegung, wie er gerade mit einem Wollknäuel spielen will. Mir stockte der Atem. „Oh, mein... der hier ist perfekt!"

Vor meinem geistigen Auge stellte ich mir die schöne Kommode an Gregs Wohnzimmerwand vor. Ein Flachbildschirm befand sich obendrauf, ließ die Schönheit des Möbelstücks nicht zur Geltung kommen. Ich könnte die Kommode in Gregs Arbeitszimmer schaffen, und diese Statue würde dort oben einfach perfekt aussehen. Dazu vielleicht noch eine Lampe, um die Statue etwas ins rechte Licht zu setzen, daneben ein Bilderrahmen mit einem persönlichen Foto. ...

Zwanzig Minuten später waren wir an der Kasse. Rachel hatte den blauen, reizenden Engel gekauft, und ich hatte all die persönlichen Ausschmückungsgegenstände, um Gregs Arbeitszimmer zu verwandeln. Nach der Arbeit musste ich nur noch in der Fußgängerzone kurz anhalten, um die Vorhänge und die farblich Akzente setzenden Kissen abzuholen, die ich ausgesucht hatte.

Auf unserem Weg zurück zum Büro drückte Rachel wieder ihre Sorgen über Ellens weltbeste Babyparty aus. Es graute ihr davor, diese einmal im Leben stattfindende Gelegenheit zu versauen. Da ich ja schon versucht hatte, sie zu beruhigen, lächelte ich diesmal und nickte, damit sie sich ihre Bedenken von der Seele reden konnte.

Mein Handy gab einen *Pling*ton von sich, teilte mir mit, dass ich eine Textnachricht bekommen hatte. Verstohlen holte ich es aus meiner Handtasche. Greg Shaffers Name erschien auf dem Display. Schauer liefen durch mich hindurch, und ich las seine Nachricht: *Wie läuft's denn so beim Shoppen?*

Ich schaute auf die Uhr. Ein Uhr, was für ihn mitten in der Nacht bedeutete, da er ja Nachschicht arbeitete. Mam, Mary Ann und ich mussten tagsüber auf Zehenspitzen durchs Haus schleichen, wenn Dad nachts gearbeitet hatte.

Meine Finger sausten über die Tasten, und ich tippte: *Solltest du dich jetzt nicht ausruhen?*

Pling! Pling!

Als meine Finger über den Bildschirm flogen, las ich: *Konnte nicht anders. Wachte auf, da ich an dich denken musste.*

Ein Hitzegefühl breitete sich in meinem Magen aus, deshalb schalt ich mich selbst. Ich musste die Dinge zwischen uns auf einem würdigen Kunde/Innenarchitektin-Niveau halten. Dann zogen sich meine Brauen zusammen. Er sollte *wirklich* tief und fest schlafen, weil er die ganze Nacht arbeiten musste. Ich wuchs mit dem Wissen auf, wie anspruchsvoll dieser Job war und wie wichtig es war, dass ein Arzt im Notarztzimmer stets höchst wachsam sein musste. Ich schrieb zurück: *Als Kunde musst du es mir überlassen, sich um den Einkauf zu sorgen. Geh wieder schlafen!*

Wieder plingte mein Handy: *Du bist der Boss!*

Erleichtert, dass er die Ruhe bekommen würde, die er brauchte, wollte ich gerade das Handy weglegen. Dann sah ich die Schachtel, in der sich die Katerchen-Statue befand. Ein Adrenalinstoß jagte durch mich hindurch. Ich konnte es nicht erwarten, ihm die Statue zu zeigen. Ich riss mein Handy heraus und ließ meine Finger über die Tasten sausen: *PS Du wirst staunen und lieben, was ich für dich ausgesucht habe. Und The Skipper auch!*

Sekunden später plingte mein Handy: *Das werden wir ganz sicher. Danke, Sonnenschein!*

Ich schrieb zurück: *Gute Nacht, Greg!*

Auch wenn der bezaubernde Spitzname, den er für mich benutzte, so gar nicht professionell war, bogen sich meine Mundwinkel aufwärts. Vielmehr war es sogar so, dass ich den ganzen Nachmittag lächelte.

KAPITEL FÜNF

Am Freitagmittag schlossen sich meine zittrigen Hände fest um das Lenkrad, als ich in meiner Mittagspause zu meinem Apartmentgebäude fuhr. Ich war gestern Nacht mit der Gestaltung von Gregs Arbeitszimmer fertig geworden, und Greg – error, *mein Auftraggeber*, wie ich mir zum hundertsten Mal ins Gedächtnis rief – gefiel das Endergebnis über alle Maßen. Als er sich bei mir bedankte, drückten seine Augen jede Menge Emotion aus. Er hatte jede einzelne meiner Anschaffungen gelobt, was mich tief berührte.

Nun mussten wir abwarten, was Jenna davon hielt.

Obwohl ich Greg versicherte, dass es nicht notwendig wäre, anwesend zu sein, da er die ganze Nacht im Krankenhaus gearbeitet hatte, wollte er das Foto-Shooting nicht verpassen. Wie er mir mitgeteilt hatte, hatte er die nächsten beiden Nächte frei, sodass er in der Notaufnahme nicht Leben zu retten versuchen müsste, während er erschöpft war.

Als Greg in der Küche herumhantierte, stand ich von seinem Sofa auf und begann, unruhig auf- und abzugehen. Was wäre, wenn Jenna die Gestaltung nicht gefiel? Klar,

Greg und ich, wir beide fanden das Arbeitszimmer gelungen. Zuvor war der Raum kalt und gewöhnlich gewesen. Jetzt wirkte er warm und behaglich, so dass man sich willkommen geheißen fühlte und sich am liebsten mit einem Roman in den antik angehauchten Lehnstuhl einkuscheln wollte, den ich in einem Konsignationslager aufgetrieben hatte.

Meine Stirn pochte. Was wäre, wenn Jenna das klassisch-gemütliche Flair langweilig fand? Ich hatte ein Poster von Vincent van Goghs *Sonnenblumen in einer Vase* hinzugefügt, um dem Ganzen noch etwas Farbe und Fröhlichkeit zu verleihen. Was wäre, wenn sie Blumen für die Küche bevorzugte? Meiner Meinung nach brachten Blumen in jeden Raum eine Atmosphäre von Glück, doch es war ja nicht so, dass ich einen Uniabschluss hatte, der meinen Geschmack bestätigte. Darum bedeutete mir Jennas Meinung so viel.

Meine Handflächen fühlten sich schweißnass an, und ich wischte sie an meiner blauen Hose ab.

Greg schlenderte aus der Küche ins Wohnzimmer und reichte mir eine Bechertasse. „Pfefferminztee. Sollte deine Nerven etwas beruhigen."

„Ist es so offensichtlich, dass ich gleich ausflippe?" Dankbar legte ich meine Hände um die warme Tasse. Seine Unterstützung bedeutete mir viel, vor allem weil ich es nicht gewohnt war, jemanden zu haben, der sich um mich sorgte. „Auf Jenna zu warten fühlt sich wie langsame Folter an."

Er strich mit seiner Hand auf meinem Kreuz entlang, als er mich zum Sofa führte. „Du hast mein Arbeitszimmer verwandelt, Ginger, und ihm ein erstaunliches Flair gegeben. Frag einfach The Skipper! Das Arbeitszimmer ist jetzt sein Lieblingsaufenthaltsort, doch er muss sich bis nach dem Interview mit meinem Schlafzimmer zufrieden geben, damit er nicht im Weg ist."

„Nun ja, wenn dem Katerchen die Verbesserungen gefallen, dann bin ich beruhigt", scherzte ich. In meinem Magen bildeten sich enge Knoten, als ich mich auf das Sofa fallen ließ und tief einzuatmen versuchte. Es war ja keine große Sache. Bloß meine gesamte Zukunft.

Klopf-Klopf-Klopf!

Meine Augen flogen Richtung Eingangstür. „Ich mach schon auf!"

Als ich mich nicht bewegte, zogen sich Gregs Augenbrauen verwirrt zusammen. Mit seiner Hand deutete er auf die Tür und nickte in die Richtung. „Willst du... dass ich...?"

Meine Kehle wurde trocken, meine Beine waren bleischwer, und ich hob die Lider. „Ja, bitte."

Wie gelähmt sah ich Greg zu, wie er an die Tür ging und Jenna begrüßte, deren langes, blondes Haar über ihre Schultern fiel. Reiß dich zusammen, Ginger! Ich schöpfte tief Atem, stand auf, dann kleisterte ich mir ein Lächeln ins Gesicht. „Hallo, Jenna! Wie geht's?"

Ich war aufgestanden *und* hatte Worte über die Lippen gebracht. Pluspunkte für diesen Fortschritt!

Jenna rauschte herein und schüttelte mir die Hand. Über der Schulter trug sie eine große Ledertasche. „Hallo, schön, dich wiederzusehen. Ich bin ein wenig in Eile. In Kürze muss ich quer durch die Stadt zu einem anderen Termin. Zum Arbeitszimmer ging es hier lang, nicht wahr?"

Soviel zum Thema: nicht um den heißen Brei herumreden. Mein Herz donnerte in meiner Brust.

„Ja", sagte ich und übernahm die Führung, dann blieb ich außen vor der Arbeitszimmertür stehen, während sie hineinschlüpfte. Jeder Muskel meines Körpers war zum Zerreißen gespannt, und ich zwirbelte eine Haarsträhne herum und herum, während ich mein Urteil erwartete. Die

Sekunden verstrichen unendlich langsam, fühlten sich an wie Zeitalter.

„Wow!" Jenna durchquerte den Raum und wedelte begeistert mit den Armen. „Was für eine Verwandlung. Das Zimmer hat jetzt so viel mehr Leben." Sie holte ihre Kamera aus der Tasche, nahm die Schutzkappe ab und fing an, Fotos zu schießen. *Klick-Klick-Klick!* „Der Van Gogh macht sich hier ausgezeichnet. Der bringt hier wirklich noch einen extra Schub Energie mit rein!"

Mein Magen entspannte sich, und ich stieß zischend den Atem aus, den ich immer noch angehalten hatte. Es gefiel ihr. Wirklich! Schon fühlte ich mich beinahe euphorisch und blickte zu Greg, der mit seinen Lippen lautlos ‚hab ich dir doch gesagt' formte, als Jenna gerade nicht herschaute. Ich biss mir auf die Lippe und lächelte, war ganz glücklich, dass er soviel Vertrauen in mich gesetzt hatte. Adrenalin jagte durch meinen Körper, als hätte ich gerade einen Zehn-Kilometer-Lauf hinter mir.

Nachdem Jenna mit dem Fotografieren fertig war, befragte sie mich zu meinen Beweggründen für jede einzelne Änderung, die ich gemacht hatte. Dann wandte sie sich an Greg und berührte seinen Arm. „Das ist dein Zuhause. Wie findest du die Veränderungen, die Ginger vorgenommen hat?"

Innerlich ganz aufgewühlt, starrte ich ihre Hand auf seinem Unterarm mit offenem Mund an. War körperliche Berührung während eines Interviews wirklich notwendig? Jeder Teil von mir schrie mir zu, selbst ihre Hand zu entfernen. Nicht, dass ich Besitzansprüche geltend machen wollte oder sowas.

„Ich könnte nicht glücklicher sein." Lässig lehnte er an der Wand und bewegte sich leicht von ihr weg, so unmerklich, dass man es kaum mitbekam. Außer natürlich, wenn man so besitzergreifend glotzte wie ich. „Ginger hat meine Persönlichkeit perfekt eingefangen."

Sie nickte, klatschte mit den Händen und wandte sich dann an mich. „Dieses Zimmer fühlt sich auch für mich sehr persönlich an. Als würdest du ihn gut kennen. Wart ihr vor der Versteigerung schon befreundet?"

Erinnerungsbruchstücke von der Nacht, in der wir uns kennen gelernt hatten, überspülten mich. Jeder Tanz, in dem er mich gehalten hatte, jedes Wort, das wir gesprochen hatten, jeder Augenblick, in dem wir uns berührt hatten. „Wir sind uns nur einmal begegnet."

Seine Augen trafen meine und hielten sie fest. „Manchmal ist das alles, was nötig ist."

Zwischen uns knisterte die Hitze so stark, dass ich mir Luft zufächeln wollte, und ich konnte meinen Blick nicht von ihm losreißen. Für einen Augenblick vergaß ich, dass Jenna im Zimmer war. Wahrlich, im Moment hätte ich Schwierigkeiten, mich an meinen eigenen Namen zu erinnern. Irre!

„Ginger ist sehr talentiert." Er zwinkerte mir zu, dann drifteten seine Augen zu Jenna. „Ich bin schon gespannt, was sie als nächstes vorhat."

„Ich auch." In ihrer Wange bildete sich ein Grübchen, und sie richtete den Gurt auf ihrer Schulter gerade. „Vielen herzlichen Dank euch beiden. Zusätzlich zur Wohltätigkeit und dieser Versteigerung glaube ich, dass auch die persönliche Seite dieses Interviews das Interesse der Leser wecken wird."

Ich atmete tief ein und versuchte, sinnvolle, zusammenhängende Worte zu bilden. „Wir freuen uns, *Schließe Freundschaften* helfen zu können. Das ist eine ganz wundervolle Organisation."

„Definitiv." Mit einem letzten Blick auf mich brachte Greg Jenna zum Eingang und hielt die Tür für sie auf.

Sie drehte sich nochmal um. „Könnte ich ein paar deiner Visitenkarten haben, Ginger? Es würde mich freuen, dich einigen meiner Freunde empfehlen zu können, die erwähnt haben, dass sie ihr Heim umgestalten wollen."

Visitenkarten? Ich wollte mir selbst in den Hintern treten, dass ich darauf nicht vorbereitet war.

Mein Herzschlag setzte aus. „Ja, klar. Ich werde am Dienstag welche mitbringen, wenn du für die nächste Runde Fotos wiederkommst."

Sie lächelte, dann schaute sie sich im Wohnzimmer um. „Ich kann kaum abwarten, was du wohl mit diesem Frei-raum hier anstellen wirst. Du hast wirklich ein einzigartiges Gespür. Und dieses Schritt-für-Schritt-Interview wird auch sehr faszinierend sein. Ich wünsch euch ein großartiges Wochenende! Tschüss!"

„Tschüss!" Sobald die Tür geschlossen war, flog mein Blick zu Greg.

Er lächelte, und die Lachfältchen um seine Augenwinkel waren einfach bezaubernd. „Ich würde sagen, damit kannst du deine Sorgen beiseite legen."

„Greg..." Ein Stromstoß durchfuhr mich, entweder wegen der liebevollen Art, wie er mich anschaute, oder durch die Aufregung, die Jennas Anerkennung in mir ausgelöst hatte, oder beides. Was auch der Grund war, irgendetwas überwältigte mich, sodass ich mich in seine Arme warf.

Er hielt mich fest und beschwingte Freude durchströmte mich – als wäre eine Bruchstelle meines Lebens gerade gefüllt worden. Ich fühlte mich als *Ganzes*. Es gab keine andere Erklärung für die Emotionen, die durch mich hindurchfluteten. Und es gab auch keine Erklärung, warum ich, als Greg sich zurückzog und mich anstarrte, mich auf die Zehenspitzen hob und meine Lippen auf seine presste.

Einen Augenblick lang bewegte er sich nicht, als hätte ich ihn überrascht. Ich hatte mich ja selbst absolut geschockt. Dann durchstreiften seine Finger mein Haar, und seine Lippen eroberten meine. Ein Kribbeln breitete sich über meine Brust aus und gab mir das Gefühl, als würde ich schweben. Als sich sein Mund öffnete, zögerte ich nicht und drückte meine Zunge an seine. Wir erkundeten uns gegenseitig begierig und genossen dies, als hätten wir schon lange darauf gewartet. Und das hatten wir auch.

Ich hatte Greg seit jener ersten Nacht, in der wir uns kennen gelernt hatten, küssen wollen. Mit ihm zu tanzen, zu lachen, zu reden hatte sich so herrlich leicht angefühlt. So natürlich. Und so richtig. Nun in seiner Umarmung eingeschlossen zu sein, während sein Mund den meinen vollständig verschlang, quälte mich nur eine Frage: Warum hatten wir das nicht schon die ganze Zeit getan?

Ach ja. Arzt in der Notaufnahme. Große Familie. Erinnerungsfetzen blitzten in meinem Kopf auf wie riesige Warnschilder. Ein Blitz durchzuckte mich und versetzte mich in höchste Alarmbereitschaft.

Schnell bewegte ich mich weg und trat einen Schritt zurück. Ich bemühte mich, wieder Atem zu schöpfen, dabei bedeckte ich mit der Hand meinen Mund und starrte in Gregs halb geschlossene Augen. Was. Hatte. Ich. Bloß. Getan?

Er kam wieder auf mich zu. „Ginger…"

„Es tut mir leid." Ich schüttelte den Kopf, immer noch über mich selbst erstaunt und sprach durch zittrige Finger: „Ich weiß nicht, was in mich gefahren ist."

Zwischen seinen Brauen bildete sich eine Falte. „Mir tut es nicht leid."

Wie umwerfend es sich mit Greg auch anfühlte – und umwerfend konnte nicht einmal annähernd beschreiben, wie dieser Typ küssen konnte – eine Beziehung zwischen uns würde niemals funktionieren. Irgendetwas mit ihm zu verfolgen wäre komplett impraktikabel. Ich musste unbedingt vernünftig bleiben. Um unserer beider willen.

Mit Bedauern nahm ich meine Handtasche von seinem Kaffeetisch und hing sie mir über die Schulter. „Ich sollte zur Arbeit zurückkehren."

Er blieb vor mir stehen, mit seinen Händen in seinen Hosentaschen. „Rede mit mir!"

Mein Herz hämmerte gegen meinen Brustkorb. „Meine Mittagspause ist vorbei. Ich muss gehen."

Ein Ausdruck von Verletztsein flackerte über sein Gesicht, aber Greg brachte mich zur Tür. Als ich erst einmal draußen war, wirbelte ich herum, um ihn anzuschauen, und er lehnte am Türrahmen. Seine Kiefermuskeln zuckten, aber er sagte nichts.

Oh, diese unangenehme Lage!

Ich sog einen Atemzug ein, wollte mich mit einer freundlicheren Note verabschieden. „Ich bin so erleichtert, dass Jenna mit dem Arbeitszimmer glücklich ist. Hoffentlich läuft es mit den weiteren Räumen des Projektes genauso gut."

Prüfend betrachtete er mich mit ernster Miene. „Geh mit mir heute Abend aus!"

Mein Magen flatterte, während ein schwermütiger Schmerz durch meine Brust zog. Ein großer Teil von mir bettelte darum, nachzugeben und einzuwilligen...

„Ich habe bereits ein Date", sagte ich lahm. Ein Date, auf das ich absolut keinen Wert legte, aber dennoch. Egal wie sehr ich es auch wollte, ich konnte nicht den Kopf verlieren! Später würde es nur noch schlimmer wehtun. „Vielen

Dank, dass du heute für mich hier warst. Deine Unterstützung hat mir viel bedeutet. Das Wohnzimmer werde ich an diesem Wochenende in Angriff nehmen."

„Du bist der Boss." Seine Augen verdunkelten sich, dann schloss er die Tür.

Mein Herz krampfte sich zusammen, aber es gab nichts, was ich tun konnte. Es hatte keinen Zweck, mit Greg auszugehen, wenn es sich zu nichts weiterem entwickeln können würde. Ich hatte mir einen Ausrutscher geleistet, indem ich ihn geküsst hatte, weswegen ich mich schlecht genug fühlte. Das durfte mir nie wieder passieren, egal wie groß die Versuchung auch war.

* * *

„Willst du mir damit sagen, dass ich gefeuert bin?" Meine Kinnlade fiel herunter, und ich klammerte mich an den Armlehnen des Stuhls gegenüber Kaitlins Schreibtisch fest.

Kaitlin schüttelte vehement den Kopf. „Vorübergehend freigestellt ist nicht dasselbe wie gefeuert. Du wirst begeisterte Empfehlungsschreiben erhalten, und wir zahlen dir eine Abfindung von einem zweiwöchigen Lohn, dazu alle Urlaubstage und Krankentage, die du angesammelt hast."

Der Schock stand mir ins Gesicht geschrieben, als ich mich vorbeugte. „Aber unterm Strich heißt das, dass ich hier nicht mehr arbeite. Ich muss mein Büro räumen und kann nach Hause gehen. Richtig?"

Sie presste die Lippen zusammen. „So hart würde ich das nicht ausdrücken. Aber, ja."

Meine Brauen zogen sich zusammen. „Wie lange weißt du bereits darüber Bescheid?"

Abwehrend hob sie beide Handflächen hoch. „Rich hat mir das erst heute Morgen gesagt. Ich wollte dir vorher nichts davon sagen, weil du doch in der Mittagszeit dieses Interview mit *Sacramento Living* hattest.“

Ich verschränkte die Arme. „Das war sehr rücksichtsvoll von dir.“

„Das war nicht meine Entscheidung, Ginger. Das musst du mir glauben.“ Sie klatschte ihre Hände zusammen. „Rich will in allen Bereichen Kosten sparen. Du bist nicht die einzige, die wir heute vorübergehend freigestellt haben.“

Damit hatte sie meine Aufmerksamkeit. „Wen sonst noch?“

„Wir haben Melinda Morgan heute Morgen entlassen. Sie arbeitete schon jahrelang bei der Firma.“ Kaitlins Miene drückte Niedergeschlagenheit aus, und sie rieb mit ihren Händen über ihr Gesicht. „Das ist der schlimmste Teil meines Jobs. Ich hasse das.“

„Wenigstens *hast* du einen Job“, gab ich zurück. Wie sollte ich meine Rechnungen bezahlen? Ich hatte nicht gerade die Welt an Ersparnissen. Mary Ann zahlte ihre Hälfte der Miete nur, wenn ihr der Sinn danach stand. Meine Sicht verschwamm, und ich raufte mir die Haare. Es war einfach beschissen! „Wie hat Melinda es aufgenommen?“

„Wer weiß?“ Kaitlin lehnte sich in ihrem Stuhl zurück und schüttelte den Kopf. „Sie verhielt sich genau wie immer, perfekt zusammengerissen und ausgeglichen.“

Im Gegensatz zu mir, die sich Haarbüschel ausriss und sich erwischte, eine schändliche Haltung gegenüber einer meiner guten Freundinnen zu verspüren.

Ich seufzte und ließ meine Hände in den Schoß sinken. „Ich weiß, dass es nicht deine Schuld ist. Ich bin bloß am Boden zerstört. Ich bin noch nie zuvor gefeuert worden.“

„Freigestellt.“ Ihre Stimme war sanft. „Ich verstehe vollkommen. Gib mir Bescheid, wenn ich irgendetwas für dich tun kann."

Ich sackte in meinem Stuhl zusammen. „Du kannst diesen Tag ausradieren, sodass er nie passiert ist. Naja, nicht den ganzen Tag. Jenna hat es sehr gefallen, wie ich Gregs Arbeitszimmer gestaltet habe. Sie sagte, ich hätte ein einzigartiges Gespür, und sie machte eine Unmenge Fotos für den Artikel in ihrer Zeitschrift."

Und dann dieser Kuss mit Greg, der für immer in meinem Kopf eingebrannt sein wird!

„Ich weiß nicht, ob dies jetzt der richtige Zeitpunkt ist, das zu sagen." Sie biss sich auf die Lippe, dann beäugte sie mich vorsichtig. „Aber vielleicht wird das auf eine gute Sache hinauslaufen. Es kann sein, dass es dir hilft, den Übergang zur Gestaltung schneller zu schaffen."

„Außer dass ich keine Kunden habe." Dann fiel mir wieder ein, dass Jenna nach meinen Visitenkarten gefragt hatte. Vermute, dass ich mehr drucken lassen sollte als ich gedacht hatte. „Ich muss über eine Menge nachdenken."

Kaitlin nickte, dann reichte sie mir einen weißen Briefumschlag. „Dein letzter Gehaltsscheck."

Ich nahm den Briefumschlag entgegen, packte ihn zwischen den Fingerspitzen. „Das war ein guter Arbeitsplatz, zumindest für eine geraume Zeit."

„Es geht rapide bergab." Ihre Oberlippe kräuselte sich. „Wer denkst du bekommt all deine Pflichten?"

„Lieber zu viel Arbeit als kein Einkommen." Ich bedachte sie mit einem vielsagenden Blick, dann seufzte ich. Ich nehme an, wenn ich schon rausgeschmissen werden muss, dann ist es besser, wenn es von einer Freundin kommt. Obwohl Kaitlins teilnahmsvoller Blick bei mir den Wunsch auslöste, etwas unternehmen zu wollen, damit *sie* sich besser fühlte. Was für ein Durcheinander! Ich atmete tief ein, schlug mit meinen Händen auf die Oberschenkel, dann stand ich auf. „Ich frage mich, warum Rich all diese Veränderungen vornimmt. Nicht, dass es mich jetzt noch etwas anginge."

„Keine Ahnung." Kaitlin erhob sich, umrundete den Schreibtisch und kam mit niedergeschlagener Miene auf mich zu. Sie zog mich in eine Umarmung. „Es tut mir wirklich leid."

„Danke." Während mein Kinn auf Kaitlins Schulter ruhte, begann sich in meinem Kopf alles zu drehen. Gregs Kuss wirbelte durch meine Gedanken. Jennas Lob. Gefeuert zu werden. Ich hatte so hart gearbeitet, um mein Leben strukturiert und praktisch zu gestalten. Dann, an einem Tag, war ein Tornado eingeschlagen, und alles geriet außer Kontrolle. Meine Augen brannten. „Ich werde okay sein."

„Ich weiß." Sie tätschelte meinen Rücken, zog sich zurück, dann schniefte sie. „Willst du Hilfe beim Zusammenpacken deiner Sachen?"

„Gern." Tief einatmend tupfte ich meine Augenwinkel ab. „Das wäre großartig. Danke."

Meine Beine fühlten sich wie Ziegelsteine an, als ich zu meinem bald-ehemaligen Büro schlurfte. Ich war gefeuert worden. Rausgeschmissen. An den Straßenrand gepfeffert. Dies hatte mich kalt erwischt, gänzlich unvorbereitet getroffen. Plötzlich war mein nervenaufreibendes Projekt eine Sache um Leben und Tod geworden. Der Druck war da, es noch sensationeller zu machen, um Kunden anzuwerben. Schnell. Wenn nicht, würde ich auf der Straße stehen.

* * *

Obwohl ich den starken Drang hatte, den Rest des Freitagnachmittags im Bett mit den Bettdecken über meinem Kopf zu verbringen – Mann, das klang jetzt genau richtig – zwang ich mich, zu einem Geschäft für Bürobedarf zu fahren und leere Visitenkarten zu kaufen.

Als ich nach Hause kam, trug ich die gerahmten Bilder aus meinem Ex-Büro in meine Wohnung und stellte sie neben der Couch an die Wand. Dann schluckte ich zwei Aspirin in der Hoffnung, den tobenden Kopfschmerz, der mich befallen hatte, loszuwerden, und trottete in die eine Ecke meines Schlafzimmers, wo ein winziger Schreibtisch neben meiner Staffelei stand.

Da ich nun unbedingt ein originelles Logo für meine Visitenkarten brauchte, nahm ich ein Stück Zeichenkohle zur Hand und zeichnete einen Entwurf nach dem anderen, versuchte, mir etwas einfallen zu lassen, das mir gefiel. Nach mehreren Stunden hatte ich immer noch nicht mehr als einen Haufen verschnörkelter Linien gezeichnet, die nicht im Entferntesten irgendetwas Ansprechendes darstellten. Wie konnte mich meine Muse nur genau zu so einem Zeitpunkt verlassen?

Auf einmal hörte ich ein kurzes *poch-poch-poch* an meiner Tür, bevor sie aufging. Mary Ann segelte herein und ließ große Blasen ihres Kaugummis zerplatzen. „Du bist früh zu Hause."

„Jep." Ich legte die Zeichenkohle weg, rieb meine schwarzen Fingerspitzen aneinander, dann drehte ich mich zu meiner Schwester, um sie anzuschauen.

Sie hatte ihr honigblondes Haar zu einem Knoten zusammengefasst, trug eine pinkfarbene Bluse in eine graue Hose gesteckt und sah recht geschäftsmäßig-leger aus – so, wie sie sich jeden Tag fürs Büro zurechtmachte. Sie hatte einen guten Job im Immobiliengeschäft, und auf einmal erzürnte es mich, dass sie nicht damit belastet werden konnte, jeden Monat ihre Miete zu zahlen. Ich musste unbedingt meinen Kontostand überprüfen, um festzustellen, wie viel sie mir mittlerweile schuldete, vorausgesetzt dass ich so weit zählen konnte.

„Was ist los?" Sie ließ sich auf mein Bett fallen und stützte ihr Kinn auf ihre Fäuste. „Und was ist mit all diesen Bildern im Wohnzimmer? Gestaltest du wieder um?"

„Das sind die Bilder aus meinem Büro in der Arbeit." Ich stand auf, schlurfte ins Bad und drehte den Wasserhahn auf. „Meiner ehemaligen Arbeit. Ich wurde heute gefeuert."

„Was?" Ihr Schrei kam aus dem anderen Zimmer, aber Sekunden später erschien sie neben mir mit einem Stapel Briefumschlägen. „Du kannst nicht einfach deinen Job verlieren. Wir haben Rechnungen zu begleichen, und ich bin knapp bei Kasse. Strom, Wasser, Internet..." Sie blätterte die Rechnungen durch, dann klatschte sie die oberste hin. „Diese hier ist nächte Woche fällig. Vielleicht könntest du dich entschuldigen für das, was auch immer du angestellt hast."

„Tolle Idee!" Ich legte meine Hand auf ihre Schulter, dann neigte ich den Kopf mit einem spöttischen Grinsen. „Ich werde dem Chef einfach sagen, wir brauchen unbedingt Hochgeschwindigkeits-Internet. Das wird ihn bestimmt veranlassen, mich sofort wieder einzustellen."

„Wenigstens versuche ich, mir etwas einfallen zu lassen." Sie jammerte los: „Ich will nicht im Dunklen kalt duschen müssen, bloß weil du bei der Arbeit etwas vermurkst hast. Was hast du überhaupt falsch gemacht?"

Mich überspülte Verärgerung. Das war so typisch für Mary Ann. Sie konnte nur daran denken, welchen Einfluss meine traurige Lage auf sie hatte.

„Vielen Dank für das große Vertrauen, das du in mich setzt, aber ich habe nichts vermasselt." Ich pumpte etwas Flüssigseife auf meine Handflächen, dann rieb ich sie unter dem warmen Wasser aneinander. „Die Firma spart einfach Kosten, deshalb haben sie mich freigestellt."

Mit aufgerissenen Augen starrte sie mich an. „Was wirst du tun?"

Ah! Das war die Frage, die mich beschäftigte, seit Kaitlin mir die Entlassung mitgeteilt hatte. „Ich habe keine Ahnung", sagte ich, drehte das Wasser ab und trocknete meine Hände an einem Handtuch ab.

„Ich bin sicher, dass du dir etwas ausdenken wirst." Sie folgte mir in mein Schlafzimmer, lehnte sich auf meinem Bett zurück, dann lächelte sie. „Wenigstens hast du heute Abend ein heißes Date. Das sollte eine nette Ablenkung sein. Nicht wahr?"

Ich ächzte. „Trenton hab ich vollkommen vergessen."

Aber dafür war Gregs Kuss nachdrücklich in meinem Gedächtnis haften geblieben. Wie sich seine Arme um mich herum angefühlt hatten, wie sein Mund meinen geplündert hatte. Wohliger Schauder. Egal, wie sehr ich die Anziehung, die ich verspürte, auch bekämpfte, es gab nur einen Mann, der mich interessierte. Die Vorstellung, mit einem anderen Kerl auszugehen, fühlte sich falsch an. „Ich werde dieses Date absagen."

Sie warf mir einen wissenden Blick zu. „Weil du ganz heiß auf Greg bist. Er ist sogar eine noch bessere Ablenkung. Bist du endlich darüber hinaus, alles zu intensiv zu überdenken, und wirst stattdessen zuschlagen?"

„Nein", sagte ich, aber mein Herzschlag legte um einen Zahn zu, wenn ich bloß daran dachte. „Ich brauche einen Gehaltsscheck, keine Ablenkung. Muss schon angenehm sein, so ein sorgenfreies Leben zu haben wie du."

Sie zuckte die Achseln, dann sprang sie auf die Füße. „Es ist Freitagabend. Liam führt mich in ein neues Tanzlokal aus, das gerade eröffnet hat. Ja, er hat es tatsächlich zu Date

Nummer Zwei geschafft. Ich gestehe, dass es etwas damit zu tun hat, wie heiß er mit seinem Spitzbart aussieht."

„Amüsiere dich gut!" Ich ließ mich auf den Schreibtischstuhl fallen. Großartig! Mary Ann würde die Tanzfläche unsicher machen, während ich mich abmühte, ein kreatives Logo zu erfinden. Wie immer entschied ich mich, verantwortlich zu handeln, während sie ihren Launen nachgab. Das schenkte mir jetzt nicht gerade die wärmsten und wohligsten Gefühle.

Mary Ann zögerte an der Tür und musterte mich von oben bis unten. „Du siehst wirklich niedergeschlagen aus, Ginger!"

Meine Miene verdüsterte sich. „Na sowas, findest du?"

„So hab ich es nicht gemeint." Sie verdrehte die Augen, dann stützte sie eine Hand auf ihre Hüfte. „Komm mit Liam und mir heute Abend mit zum Tanzen! Das wird dich aus deinem schwarzen Loch herausreißen."

Tolle Idee, in der Theorie, aber ich hatte Arbeit zu erledigen. Außerdem würde mich das Tanzen sowieso nur an Greg erinnern.

Ich deutete in Richtung meiner Skizzen. „Danke für das Angebot, aber ich habe ein Projekt, an dem ich arbeite. Dir wünsche ich dennoch viel Spaß!"

„Falls du deine Meinung noch änderst, ich werde noch paar weitere Stunden da sein", sagte sie, dann schlenderte sie davon. Ihre Einladung berührte mich wirklich. Sie mochte flatterhaft sein, aber sie versuchte, sich auf ihre eigene Art um mich zu kümmern, und das liebte ich an ihr.

Ich schaute auf die Uhr. Fünf Uhr dreißig. Da Trenton mich um sieben abholen sollte, musste ich ihn unbedingt schleunigst anrufen. Ich holte tief Luft und wählte seine Nummer.

Irgendwie war es echt sehr unangenehm, dieses Date

abzusagen, aber es gelang mir, mich durchzuwursteln. Wieder erwähnte er seine Ex, was mir bestätigte, dass er wahrscheinlich immer noch so viel an sie dachte wie ich an Greg. Aber er versuchte, rational an die Sache heranzugehen. So wie ich auch.

Bloß schade, dass wir beide dabei anscheinend so unglücklich waren.

Vielleicht sollte ich wirklich auf Mary Ann hören; aufhören, so viel zu denken, und mit Greg zur Sache kommen. Sie schlug die ganze Zeit alle Vorsicht in den Wind und war der Inbegriff vom Glücklichsein. Die Vorstellung war verlockend, aber die Vernunft gewann die Oberhand. Ich hatte keinen Job. Mein Lebensunterhalt hing von diesem Zeitschriftenartikel ab, durch den ich Kundenkontakte generieren konnte. Ich musste nach oben gehen und die Räume gestalten, aber das war sehr unangenehm, in Anbetracht des Debakels, das ich veranstaltet hatte, indem ich Greg geküsst hatte.

Dann durchfuhr mich ein schrecklicher Gedanke. Greg war ein unglaublich heißer Kandidat, ein Arzt und eine umwerfende Persönlichkeit obendrein. Was wäre, wenn er eine andere Person gefragt hätte, ob sie heute Abend mit ihm ausgehen würde? Was wäre, wenn diese Sie in seiner Wohnung auftauchen würde, während ich malte?

Diese Vorstellung verursachte mir Übelkeit.

Aber ich hatte keine Wahl. Ich musste Jenna über alle Maßen beeindrucken. Zähneknirschend nahm ich mein Handy und sandte folgende Nachricht an Greg: *Was dagegen, wenn ich hochkomme und male? Falls du nicht zu Hause bist, ich habe deinen Schlüssel.*

Ich schloss die Augen und hielt den Atem an. Wahrscheinlich war er mit irgendeiner wunderbaren Ärztin aus dem Krankenhaus aus, die erwerbstätig war, und kaum erwarten konnte, ein Dutzend Babys für ihn auf die Welt zu bringen. Ich fragte mich, ob The Skipper sie wohl mögen würde. ...

Pling! Pling!

Ich zwang ein Auge auf und glitt mit meinen Fingern über das Display. *Kein Problem. Ich bin hier, und die Tür ist unverschlossen.*

Ich stieß den Atem aus, den ich angehalten hatte, dann schrieb ich zurück: *Danke. Bin gleich oben.*

Ich machte mir mit meinem langen Haar einen Pferdeschwanz, dann zog ich mich in meine Malerklamotten um – ein weißes Top und eine alte, schwarze Yogahose. Dann kam mir ein schrecklicher Gedanke. Bloß weil er zu Hause war, hieß das nicht, dass er allein war!

KAPITEL SECHS

Zehn Minuten später trottete ich zu Gregs Wohnung hinauf. Wie standen die Chancen, dass ein wunderbarer, alleinstehender Arzt an einem Freitagabend *allein* zu Hause war? Oh, hauchdünn! Ihn mit einer anderen Frau zusammen zu sehen, wäre Folter. Warum auch musste ausgerechnet Greg mein Angebot ersteigern? Erlaubte sich hier das Universum einen makaberen Scherz auf meine Kosten?

Wenigstens war Greg leiser als mein vorheriger Nachbar von oben. Ich fand, das sollte auch etwas zählen.

Ich trat auf die ‚Willkommen'-Fußmatte, die ich ausgesucht hatte – ein prächtiges, kamelbraunes Stroh-Rechteck mit schokoladenbraunem Schriftzug und grünen Lorbeerblättern, die mich an Greg erinnerten. Genau genommen erinnerten mich die Lorbeerblätter an einen Traum, den ich von uns beiden gehabt hatte, wie wir zusammen bei Sonnenuntergang durch den Wald liefen, lächelnd und glücklich. Klar, die Matte stellte meine Unfähigkeit dar, das zu akzeptieren, was gut und richtig für mich wäre.

Greg hatte gesagt, die Tür wäre unverschlossen, aber ich klopfte dennoch. Ich meine, wollte ich hineingehen und ihn mit irgendeiner wildfremden Frau auf dem Sofa kuschelnd vorfinden? Ähm, nein.

Die Eingangstür öffnete sich, und da stand er und sah unglaublich heiß aus in grauer, Sporthose und einem kurzärmeligen Hemd. Nicht gerade Ausgeh-Klamotten. Vielleicht hatte er trainiert? Hoffentlich allein...

Ich holte Luft und zwang mich zu einem Lächeln. „Hallo!"

„Selber Hallo!" Er hielt die Tür weit auf, sodass ich an ihm vorbeischlüpfen konnte. „Die Tür war unverschlossen."

„So?" Ich benutzte meinen unschuldigsten Tonfall, während ich hineinschlenderte. Er schloss die Tür hinter mir. Ich überflog sein Wohnzimmer nach irgendwelchen Anzeichen für ein Date. Kein Damenblazer an dem antiken Garderobenständer, den ich gestern mitgebracht hatte. Kein Weinglas mit Lippenstiftspuren. Kein berauschendes Parfum. Und, was am allerwichtigsten war, keine Frau! „Bist du allein?", platzte ich schließlich heraus, da ich die Spannung nicht länger aushalten konnte.

„Nein." Er grinste, schien von meiner Frage erfreut zu sein. „The Skipper ist hier."

Puh! Nur The Skipper. Da fiel mir ein Stein vom Herzen. Auch wenn Greg es verdiente, eine nette Frau zu finden, mit der er sich niederlassen könnte, wollte ich sicherlich nicht die Show mitansehen.

Als hätte er seinen Namen verstanden, kam das graue Katerchen ins Wohnzimmer getapst, machte einen Buckel und stich um meine Knöchel. *Miau! Miau!*

„Hey, Kater!" Ich beugte mich nieder und kraulte ihn hinterm Ohr. Er gab schnurrende Geräusche von sich, die an meiner Hand vibrierten, und schien glücklich zu sein, mich zu sehen. „Aha, du magst das. Nicht wahr?"

Greg beobachtete uns eine Zeitlang, dann steckte er

seine Hände in die Hosentaschen. „Hättest du gerne ein Glas Wein?"

„Nein, danke." Während ich das Kätzchen, das seine weiche Wange an meinen Handrücken schmiegte, weiter liebkoste, stand ich auf. „Nach so einem Tag wie heute könnte ich davon einschlafen."

Seine Augenbrauen zogen sich zusammen. „Alles in Ordnung?"

„Ich wurde gefeuert", platzte ich heraus, ehe ich Zeit hatte, zu bedenken, solch eine persönliche Information für mich zu behalten. Egal. Nicht, dass es ein Geheimnis oder sowas wäre, dass ich rausgeschmissen worden war.

„Oh, Mann!" Er kam auf mich zu, hob meine Hand und hielt sie in seiner fest. „Was ist passiert?"

„Freigestellt, genauer gesagt. Kostenersparnis, denke ich." Schmetterlinge tanzten in meinem Bauch durch das Spüren seiner Haut an meiner, wodurch das Entsetzen des Jobverlusts etwas abgemildert wurde. Mit seinem Daumen liebkoste er meinen Handrücken, sandte an meinen Armen ein Prickeln hinauf, und mein Atem blieb mir im Hals stecken. „Sie haben meine Stelle mit der von jemand anderem zusammengelegt."

„Das tut mir leid." Er schaute mich mit besorgter Miene an. Dann zog er die Augenbrauen hoch und deutete zur Küche. „Bist du sicher, dass du nicht doch ein Glas Wein willst?"

Alarmglocken explodierten in meinem Kopf. Forschend schnellte mein Blick zu seinem. War Trinken die Art und Weise, wie er mit Stress umging? Hatte er Flaschen von Scotch zur Hand, um seinen anspruchsvollen Job zu ertragen? Oder war ich einfach extrem paranoid? So viele Möglichkeiten, und traurigerweise war keine davon ein weithin strahlender Leuchtturm.

Ich schüttelte den Kopf. „Danke für das Angebot, aber ich muss noch eine Tonne Farbe verstreichen." Ich entwand ihm meine Hand, wobei mir augenblicklich die Wärme seiner Berührung fehlte. „Ich sollte lieber loslegen. Ich werde sowieso lange aufbleiben müssen, so spät wie es jetzt schon ist."

Die Falte zwischen seinen Brauen blieb bestehen. „Gib mir Bescheid, wenn ich irgendetwas für dich tun kann."

Ich nickte, wanderte dann den Gang hinunter, wobei ich The Skipper auf dem Teppich außerhalb der Badezimmertür absetzte. „Ich fang jetzt mal an, die Farbe vorzubereiten", rief ich aus, dann betrat ich das Bad. Als ich das Licht einschaltete, schoss mein Blick pfeilschnell im Zimmer herum, und mir blieb der Mund offen stehen. „Was zum...?"

Als ich die Wohnung vor ein paar Stunden verlassen hatte, war das Bad allerweltsweiß gewesen. Jetzt hingegen war jeder Zentimeter mit satter, olivgrüner Farbe bedeckt, die ich dagelassen hatte.

„Überraschung!" Greg lehnte sich an den Türrahmen und betrachtete meinen erstaunten Gesichtsausdruck mit Genugtuung.

Ich bemühte mich, meinen Mund zu schließen, was sich wie ein zehn Tonnen schwerer Felsbrocken anfühlte. „Du hast das ganz alleine gestrichen?"

„Jep." Er überkreuzte die Fußknöchel. „Das war eine gute Ablenkung von dem Schmerz deiner vorigen Zurückweisung."

Ich wäre beinahe damit herausgeplatzt, dass ich den Schmerz meiner vorigen Zurückweisung auch spürte. Immer noch.

„Greg, ich..." Verblüfft umfasste ich mich selbst mit beiden Armen. Ich konnte nicht glauben, dass er sich die

Zeit genommen hatte, meinen Job für mich zu machen. „Ich bin sprachlos."

Er schüttelte den Kopf, während ein Mundwinkel hochging. „Du hast das andere Badezimmer noch nicht gesehen."

Einen Augenblick starrte ich ihn entgeistert an, dann schoss ich durch das große Schlafzimmer in das daran angrenzende Bad. Olivgrün! Das gesamte Badezimmer. Unglaublich! Ich hörte, wie er hinter mir herkam, und wirbelte herum. „Warum hast du die Badezimmer selber gestrichen?"

„Um dich glücklich zu machen." Er legte den Kopf schräg und gab mir einen Seitenblick, der wohlige Schauder durch mich sandte. „Ich wünschte, ich könnte deinen Gesichtsausdruck eintüten. Dieses Lächeln würde ich am liebsten jeden Tag sehen wollen!"

Ich schüttelte den Kopf, da ich nicht glauben konnte, was er getan hatte. Für mich! Vor allem, da er wusste, dass ich heute Abend mit einem anderen Kerl ausging. Das ergab keinen Sinn. „Du bist verrückt."

„Muss ich wohl sein." Er machte einen Schritt auf mich zu, und diese senkrechte Stirnfalte erschien wieder. „Was ist mit deinem Date für heute Abend passiert?"

Ich wich bis zum Waschtisch zurück und wandte meine Augen ab. „Hab ich abgesagt."

Er blieb vor mir stehen, hob mein Kinn, bis mein Blick seinen traf. „Warum?"

Nur Zentimeter trennten uns, als ich ihn anstarrte und sagte: „Es fühlte sich nicht richtig an, deshalb wollte ich ihm nichts vormachen."

Seine Fingerspitzen strichen über meine Kieferpartie. „Kein Mann könnte dich beschuldigen, dass du ihm etwas vormachst."

„Davon weiß ich nichts", flüsterte ich. Immerhin hatte ich ihn heute Nachmittag geküsst, und das war so ziemlich genau das, was ich jetzt auch wieder tun wollte.

Sein Blick fiel auf meine Lippen, als würde er dasselbe denken wie ich. Sein Mund verweilte nur Zentimeter von meinem entfernt, und eine unsichtbare Kraft zog mich zu ihm. Unfähig, zu widerstehen, beugte ich mich vor und schloss den Abstand zwischen uns.

Sobald mein Mund seinen traf, begann mein Herz zu rasen, und meine Sorgen verschwanden. Alles, was in diesem Moment von Bedeutung war, waren Greg und ich. Olivgrüne Wände umschlossen mich, hielten mich wie tröstende Arme, und die Welt fühlte sich wärmer an. Voller. Als sein Mund sich öffnete, schmeckte seine Zunge meine, was kleine elektrisierende Pfeile durch mich schleuderte. Oh, mein...! Alles, woran ich denken konnte, war: *mehr!*

Unsere Münder verschmolzen in tiefen, endlosen Küssen. Endorphine jagten durch mich hindurch wie bei einem langen Lauf bei Sonnenuntergang. Meine Finger spurten über seine kräftigen Schultern, seinen Hals hinauf und verflochten sich dann in seinem weichen Haar, und ich zog ihn noch näher heran – ich konnte einfach nicht genug bekommen. Meine Beine verwandelten sich zu Brei, aber Greg hielt mich fest und an sich gedrückt. Mit weichen Küssen legte er eine Spur über meine Kieferpartie, dann hielt er nah an meinem Ohr inne und flüsterte: „Sonnenschein..."

Ein Kribbeln raste durch mich. Die Verbindung zwischen uns erfasste jede Zelle meines Körpers. Ich atmete seinen Duft ein, frische Seife vermischt mit Farbaromen. Der stechende Geruch der Farbe riss mich plötzlich aus meiner himmlischen Träumerei und brachte den Stress unbezahlter Rechnungen zurück. Wie kam ich wieder zu einem Einkommen? Das hing alles von diesem Gestaltungsprojekt ab. Und natürlich brachte es auch meine Gewissheit zurück, dass Greg und ich niemals zusammen sein könnten.

Schwindlig ruderte ich zurück und blinzelte verwirrt.

Schwer atmend strich er mit seinen Fingern meine Wange entlang und lehnte dann seine Stirn an meine. „Erinnere mich daran, öfters für dich zu streichen!"

Ich wollte lächeln, aber der Druck in meinem Inneren wuchs an wie Lava in einem Vulkan, der kurz vor dem Ausbruch stand. „Das war wirklich liebenswürdig von dir, aber ich muss unbedingt weiterarbeiten. Es gibt noch viel mehr zu tun. Wenn dieser Artikel nicht gut wird, wenn ich dadurch nicht die Werbung für mein Geschäft bekomme... dann weiß ich nicht mehr weiter."

„Dann lass uns anfangen!" Er drückte seinen Mund an meine Schläfe, verflocht seine Finger mit meinen und führte mich in die Diele. „Was steht als nächstes auf dem Programm?"

Ich biss mir auf die Lippe und musste zugeben, das Angebot war verlockend. „Möbeleinkauf. Aber du verstehst nicht, wie das funktioniert. Du bist der Auftraggeber, deshalb sollte ich die Arbeit für dich machen."

Anstatt einzulenken, schoss er mir blitzartig ein Grinsen zu. „Wir wissen beide, dass die Hauptsache normalerweise ist, den Kunden glücklich zu machen. Was mich glücklich macht, ist, mit dir zusammen zu sein. Sieht so aus, als würdest du mich nicht loswerden."

Oh, Mann! Er schlug mich mit meinen eigenen Waffen, indem er die grundlegendste Regel des Dienstes am Kunden verwendete.

„Was auch immer der Kunde wünscht." Ich gab nach, schaute dann an meiner farbgesprenkelten Aufmachung hinunter. „Aber ich muss mich erst umziehen."

„Das wird gebilligt." Er machte die Tür auf, aber ehe ich hinausschlüpfen konnte, umfasste er mein Gesicht und küsste mich, bis meine Knie so weich wie Nudeln waren. Einmal. Zweimal. Dreimal. „Ich bin gleich unten, um dich in Kürze abzuholen."

Benommen hob ich meine Lider. „Okay."

Während ich die Stufen hinuntereilte, musste ich mich am Geländer festhalten, um mein Gleichgewicht zu bewahren. Ich wusste, ich hatte schon wieder ein Durcheinander veranstaltet, indem ich Greg geküsst hatte. Und ich hätte hart bleiben und ihn nicht mitkommen lassen sollen, Möbel auszusuchen. Ich wusste all das. Wirklich! Aber im Moment fühlte ich mich zu verdammt wunderbar, und das war für mich die Hauptsache.

* * *

Als ich am Sonntagnachmittag mit meinem Pinsel eine Ecke von Gregs Wohnzimmer ausmalte, wollte ich mich selber kneifen, um mich zu vergewissern, dass ich nicht träumte. Ich war immer felsenfest der Überzeugung gewesen, dass Hilfe maßlos überbewertet wurde. Aber nach diesem Wochenende sah ich die Sache aus einem neuen Blickwinkel.

Mit Greg war alles, was in der Wohnung getan werden musste, viel schneller fertig geworden und hatte viel mehr Spaß gemacht. Wenn ich nur an unseren Kampf dachte, den wir ausgefochten hatten, als wir das neue Sofa und die Sessel aussuchten, schlug mein Magen Purzelbäume. Ich hatte ins Möbelgeschäft eine Liste von Sofa-Optionen mitgebracht, die optisch mit der zur Verfügung stehenden Fläche möglich waren, aber er hatte sich geweigert, die von mir recherchierten Kundenbewertungen anzuhören. Stattdessen sprang er von Couch zu Couch und bestand darauf, das Sofa zu nehmen, auf dem er sich vorstellen konnte, dass es am besten geeignet sein könnte, ‚einen Ben Stiller-Film anzuschauen‘.

Sowas von überhaupt nicht rational!

Aber Greg hatte die Auseinandersetzung gewonnen – er war schließlich der Kunde – und ich hatte irgendwann versprochen, mit ihm irgendeinen Film namens *Zoolander* anzuschauen, obwohl ich die Bewertungen noch nicht nachgeschaut hatte. Zu meiner Verteidigung muss gesagt werden, dass seine köstlichen Küsse meinen Verstand wieder umnebelt hatten.

Eine weitere aufregende Offenbarung war, dass letzte Nacht meine Muse zurückgekehrt war. Für mein Logo skizzierte ich einen einfachen, weißen, antiken Stuhl, über dessen Sitzpolster ein Farbpinsel schwebte, der das Kissen wie durch Zauberhand rot färbte. Um die Pinselborsten herum versprühte eine explodierende Wolke glitzernden Engelsstaub, der das Logo vervollständigte. Ich erwarb auch den Domainnamen für meine neu gestaltete Webseite, ergänzte eine E-Mail-Adresse und druckte fünfhundert Visitenkarten aus. Nichts konnte mich jetzt noch stoppen!

Pling! Pling!

„Dein Handy meldet sich im Arbeitszimmer." Greg kam aus der Diele, dann nahm er einen Pinsel, um sich mir anzuschließen.

„Danke." Ich zog in Erwägung, den Anruf zu ignorieren, kletterte aber doch die Leiter hinunter und eilte ins Arbeitszimmer. Ich wollte meine Freunde nicht beunruhigen, indem ich nicht antwortete. Ich hatte bereits Anrufe von Jill, Kaitlin, Rachel, Ellen, Kristen und einer Handvoll anderer bekommen, die alle sichergehen wollten, dass ich nichts Unüberlegtes tat, nachdem ich meine Entlassungspapiere von Woodward Systems Corporation erhalten hatte. Wer war denn jetzt eigentlich noch übrig, mich anzurufen? Das neue Reinigungspersonal?

Das Display meines Handys zeigte vier neue Textnachrichten von Mary Ann an, einen entgangenen Anruf von meiner Mutter und einen weiteren, entgangenen Anruf von einer Nummer in Sacramento, die ich nicht kannte. Zuerst überflog ich die Texte.

Mary Ann: *Weißt du, wie du zu dem Rausschmiss gekommen bist? Das war nicht streng geheim, oder?*

Mary Ann: *Mam ist dabei, auszurasten. Du musst sie unbedingt anrufen und ihr versichern, dass du einen Plan hast. Du hast doch einen Plan, oder? Wir brauchen etwas, und das heißt Geld.*

Mary Ann: *Ignorierst du mich? So langsam gewinne ich diesen Eindruck. Ich hab vielleicht Mam, Dad, Liam und dem Typen, der das Unkraut im Vorgarten entfernt, gesagt, dass sie dein Arbeitsverhältnis beendet haben, aber nur, weil ich niemanden sonst habe, an den ich mich wenden kann, um mir Luft zu machen. Warum rufst du mich nicht an? Ich bin so aufgebracht, dass ich beinahe meine Gesichtsbehandlung abgesagt hätte.*

Mary Ann: *Leite deine Wut nicht in die falsche Richtung! Dein Boss ist der Depp mit dem Null-Gehirn. Nicht ich. Kapiert?*

Mein Kiefer verkrampfte sich. Unglaublich. Warum hatte Mary Ann meine Entlassung nicht gleich in einem Radiosender verkündet? Und wie konnte sie Geld für eine Gesichtsbehandlung, nicht aber für die Miete haben? Sowas von überhaupt nicht logisch! Ich meine, ich könnte jeden Moment eine Gesichtsbehandlung brauchen. Von einer Maniküre ganz zu schweigen! Die Streicherei richtete verheerende Schäden an den Fingernägeln an.

Ich drückte auf das Symbol für Sprachnachricht auf

meinem Handy und wählte dann mein Kennwort: Ginger, hier spricht deine Mutter. Mary Ann erzählte mir, dass du am Freitag gefeuert wurdest, und wir sind enttäuscht, dass du uns nicht sogleich angerufen hast und dass wir über deine Schwester von der Sache erfahren mussten, die ja völlig außer sich ist. Du weißt, wie sensibel sie ist. Ich bin die Stellenangebote in der Zeitung durchgegangen, und du wirst erfreut sein, zu erfahren, dass es Möglichkeiten für eine Büroleiterin gibt. Mit deinem Abschluss und deiner Erfahrung bist du eine qualifizierte Kandidatin. Wir werden deine Bewerbung am Montag losschicken und hoffen, dass sie nicht zu viele Fragen stellen werden, warum du ausgestellt wurdest. Ich hoffe, dass es nichts mit dem neuen Unterschriften-Verfahren für den Bürobedarf zu tun hat, über das du dich neulich bei mir beschwert hast. Du weißt, hinter jeder Geschäftsentscheidung steht immer eine vernünftige Begründung. So oder so, Rückschläge sind immer Trittstufen – solange du nicht herumtrödelst, sondern dich sofort um eine neue Stelle bewirbst. Ruf mich an, wenn du das erhältst! Tschüss!

Meine Stirn pochte, und ich löschte die Nachricht, wünschte gleichzeitig, dass ich sie genauso leicht aus meinem Gedächtnis löschen könnte. Sie hatte den Nerv, über irgendwelche Büroleiterstellen zu palavern? Erinnerte sich die gute Frau nicht daran, wie zu Tode gelangweilt ich in meinem Job war? Wollte sie, dass ich wieder unglücklich wurde und ins Koma verfiel?

Als nächstes kündigte eine monotone Stimme an, dass ich noch eine weitere Nachricht hatte: *Hallo, Ginger! Hier spricht Mary Anns Freund. Naja, mehr als ein Freund. Immerhin habe ich sie bereits zum dritten Mal gebeten, auszugehen, doch sie hat noch nicht ganz ja gesagt. Auch wenn wir am Freitag einen wunderbaren Abend hatten, sagte sie, sie brauche Zeit, um über ein drittes Date nachzudenken. Etwas, das mit Regeln und Fehlschlägen zu tun hat. Ich weiß es nicht. Jedenfalls macht sie sich*

Sorgen, dass du wegen ihr aufgebracht bist, deshalb wäre sie froh, wenn du sie anrufen könntest. Wenn du bei der Gelegenheit ein gutes Wort für mich einlegen könntest, würde ich das sehr schätzen. Ich habe Karten für einen Weinzug in Napa, und ich weiß, dass wir eine wunderbare gemeinsame Zeit haben werden. Auf Wiederhören.

Ich drückte auf die Löschtaste meines Handys. Warum war jedermann besorgt über mein Plappermäulchen von Schwester? Ich war diejenige, die gefeuert worden war, nicht sie. Auf keinen Fall könnte ich die Miete bezahlen, Mary Anns und meine, ohne Gehalt. Meine Abfindung und das Urlaubsgeld würden nur einen Monat reichen. Danach würden wir im Arsch sein. Wenn ich nicht mit diesem Projekt erfolgreich war und ein paar Kunden an Land zog. Soviel zum Thema Druck!

Jeder Muskel meines Körpers verkrampfte sich vor Anspannung. Ich legte mein Handy auf die Kommode neben der Katerchen-Statue und atmete tiefe, eigentlich-beruhigend-wirkende-aber-das-klappte-nicht Atemzüge ein. Ich würde Mary Ann später anrufen. Keinesfalls jetzt, sonst würde ich wahrscheinlich explodieren, was die entspannende Wirkung ihrer Gesichtsbehandlung ruinieren würde.

Mein Blick fiel auf das gerahmte Foto auf Gregs Kommode, das zwischen dem bronzenen Kätzchen und der Lampe stand. Der Mann darauf sah gut aus, und ein kleiner Junge saß auf seinem Schoß. Mit hochgezogenen Augenbrauen spähte er auf das Kind hinunter, und seine Hand war in dem Moment über dem Bauch des Kindes erstarrt, als hätte er es gerade gekitzelt, als der Schnappschuss gemacht worden war. Die mandelbraunen Augen des Jungen leuchteten auf, und sein Lächeln offenbarte eine große Zahnlücke. Greg.

Meine Brust wurde von Wärme erfüllt. Ich strich mit meinen Fingern über sein liebenswürdiges Bubengesicht. Jetzt hatte er einen Mund voller gerader, weißer Zähne, aber sein Lächeln hatte sich nicht geändert. Ich merkte, dass ich mir wünschte, ich hätte ihn schon als Kind gekannt. Ich würde wetten, er wäre genauso liebenswert gewesen ...

„Alles in Ordnung?", ertönte Gregs Stimme hinter mir.

Ich sprang erschrocken auf, legte meine Hand schnell auf mein pochendes Herz. „Ich hab dich nicht hereinkommen hören."

„Tut mir leid." Er trat näher heran, rubbelte an einem Streifen nasser Farbe an seinem Arm und verschmierte ihn. „Du warst eine Zeitlang weg. Ich wollte nur sichergehen, dass du okay bist."

„Mir geht's gut." Ich stellte den Bilderrahmen wieder hin, verlegen, dass er mich dabei erwischt hatte, wie ich sein Foto aus der Kindheit liebkoste. Ich fixierte ihn mit meinem Blick. „Dein Dad?"

„Ja." In seinen Augen flackerte etwas, aber ich war nicht sicher, was es war. „Deine Wangen sind gerötet. Bist du aufgebracht?"

„Ja. Nein." Ich schüttelte den Kopf, während ich gleichzeitig versuchte, zu entscheiden, wieviel ich ihm erzählen sollte. „Ich bekam vier Textnachrichten von Mary Ann. Sie hat jedem erzählt, einschließlich meiner Mutter, dass ich meinen Job verloren habe. Jetzt will sie mich im Eilzugsverfahren dazu zwingen, dass ich eine neue Stelle in einem Büro finden soll, was ich eigentlich nicht will. Als hätte ich nicht schon genug Probleme."

Er nahm meine Hand. „Kann ich irgendwie helfen?"

Ich starrte ihn an. Seine sanften Augen zerrten an etwas in meinem Inneren. Ein Teil von mir wollte sich ihm anvertrauen, aber was hätte das für einen Zweck? Er wäre immer noch der Arzt in der Notaufnahme, gestresst und beschäftigt, der eines Tages Kinder wollte. Keine Eheverkuppelung in einem Apartmentgebäude!

Ich schluckte und schaute weg. „Ich sollte zurück an die Arbeit gehen."

„Ginger!" Er hob mein Kinn an, damit ich ihn anschauen konnte. „Rede mit mir! Ich bin für dich da."

Klar, für den Moment. Aber ich wusste, was die Zukunft bereithalten würde. Lange Arbeitszeiten und gebrochene Versprechen.

Ich schloss die Augen. „Wir müssen es beenden. Das mit uns. Es hat keinen Zweck."

„Und wie es einen Zweck hat!" Seine Augen loderten, seine Fingerspitzen streichelten meine Wange, hinterließen eine kribbelnde Spur auf meiner Haut. „Eine *lebenslange* Menge von Zwecken, Ginger. Seit der Nacht, in der wir uns kennen gelernt haben, habe ich nicht aufhören können, an dich zu denken."

Ich blinzelte. „Ich konnte auch nicht aufhören, an dich zu denken."

Sein Mund eroberte meinen in einem warmen, süßen Kuss, als wolle er bekräftigen, was wir beide zugegeben hatten. Dann wich er zurück. „Du hast mir gesagt, du stehst nicht auf Fernbeziehungen, aber ich spürte, da war noch mehr. Jetzt bin ich hier, und doch stößt du mich immer noch weg. Warum?"

Meine Kehle schnürte sich zu. Ich schaute das Foto von ihm mit seinem Dad an, dachte an seine Mam, die ihm die renovierte Küche als Hauswillkommensgeschenk gegeben hatte, dann schüttelte ich den Kopf. „Ich wuchs nicht in so einer perfekten Familie auf wie du."

Verwirrt fragte er: „Wie meinst du das?"

„Mein Dad war Arzt in der Notaufnahme", platzte ich

heraus. Einfach so. Irgendeine Sicherheitsleine war gerissen, sodass meine Worte herauszupurzeln begannen. „Er arbeitete lang. Wir haben ihn kaum zu Gesicht bekommen. Und wenn... dann war er streng, traurig und unglücklich." Meine Kehle verkrampfte sich. Ich kämpfte gegen die aufsteigenden Tränen an, aber eine entwischte und rollte meine Wange hinab. „Patienten zu verlieren zerriss ihn innerlich. Zuerst redete er darüber mit meiner Mam, aber später wandte er sich dem Alkohol zu. Scotch."

„Ginger..." Mit seinem Handrücken strich Greg über meine Wange. „Es tut mir leid für deinen Vater. Und für dich. Aber ich bin nicht wie er."

„Noch nicht." Ich biss die Zähne zusammen. „Er änderte seine Laufbahn, ließ sich in die Krankenhausverwaltung versetzen, aber die Erinnerungen verfolgten ihn. Ebenso wie die Flasche. Viele Male hat er versprochen, eine Entziehungskur zu machen, aber er hat nie durchgehalten."

Gregs Augen funkelten vor Verständnis. „Deshalb dieses Gemälde in deinem Wohnzimmer. Dein Vater ist derjenige, der sein Versprechen dir gegenüber gebrochen hat."

Mir fiel beinah die Kinnlade herunter. „Ich kann nicht glauben, dass du dich erinnerst, dass ich das gesagt habe."

„Sonnenschein, wann wirst du merken, dass ich bei allem zuhöre, was du sagst?" Er drückte meine Hand, dann umwölkten sich seine Augen. „Ich hatte nicht die Kindheit, wie du dir anscheinend vorstellst, dass ich sie hatte."

Ich betrachtete das perfekte Vater/Sohn-Foto, dann schaute ich ihn mit verwundert fragenden Augen an. „Was meinst du?"

Seine Gesichtsmuskulatur spannte sich an. „Mein Dad starb, als ich neun Jahre alt war."

Die Luft entwich meinen Lungen, und ich kämpfte um Worte. „Das tut mir so leid."

Er nickte leicht. „Er hatte einen Herzinfarkt, während ich in unserem Hof Fußball spielte. Meine Mutter war zum Einkaufen gegangen, deshalb war ich derjenige, der ihn fand."

Mein Magen verkrampfte sich. „Das musst schrecklich gewesen sein."

Durch seine braunen Augen flutete Emotion. „Ich kannte die Herz-Lungen-Wiederbelebung noch nicht, deshalb gab ich mir selbst die Schuld. Es dauerte lange Zeit, bis ich akzeptierte, dass ich nichts tun hätte können." Seine Schläfe pochte, und er stieß den Atem aus – fast so, als würde er das alles noch einmal durchleben. „Dann, eines Morgen früh, beobachtete ich den Sonnenaufgang."

Ich stand absolut still, wie hypnotisiert, da. „Was geschah?"

„Die Dunkelheit verschwand, Farben erschienen am Himmel, und die Sonne stieg auf, um den Tag zu begrüßen." Sein Blick verknüpfte sich mit meinem. „Das war der Moment, als ich wusste, dass ich Arzt werden wollte. Dass jeder Mann, den ich rettete, ein Vater sein könnte, der zu seinem Sohn nach Hause gehen könnte."

Meine Augen brannten davon, was ich nur allzu gut wusste. „Du kannst nicht jeden retten."

„Nein." Er zog mich näher zu sich heran, fummelte an einer losen Haarsträhne herum, die mir über die Wange gefallen war. „An solchen Morgen brauche ich den Sonnenaufgang am allermeisten, weil es wieder einen neuen Tag geben wird. Eine weitere Person, die ich zu ihrer Familie heimschicken kann."

Ich biss mir auf die Lippe, während sich die Puzzleteile zu einem Ganzen fügten. „Du hast Recht. Du bist nicht wie mein Dad."

Er schüttelte den Kopf. „Ich bin für dich da. Wenn du mich lässt…"

Mein Herz krampfte sich zusammen in einem unerträglichen Schmerz. „Danke, dass du dich mir gegenüber so geöffnet hast. Ich bin auch für dich da, als eine Freundin."

„Ginger –"

„Ich will keine Kinder haben", platzte ich mit einer weiteren Wahrheit heraus.

Einen Moment lang schien er erstaunt-verwirrt zu sein. „Ich hoffe, The Skipper hat dich das nicht sagen hören."

„Das meine ich ernst." Meine Stimme war hart wie Stahl. Ich musste unerschütterlich klingen um Gregs willen, damit ich ihm nichts vormachte. „Ich bin nicht die Richtige für dich. Ich will keine Kinder. Ich werde nicht hier herumhängen und dir deine Träume zerstören."

Er schien unbeeindruckt zu sein. „Naja, du hattest nicht Recht, was meinen Job und meine Kindheit betraf. Du bist bei einer Menge Dinge falsch gelegen. Was macht dich so sicher, dass du nicht auch bei dieser Sache falsch liegst?"

Ich holte tief Luft und entschied, absolut ehrlich zu sein. „Die Vorstellung, für ein Kind verantwortlich sein zu müssen, erschreckt mich. Ich kann mich kaum um mich selbst kümmern."

„Vielleicht wäre das Leben nicht so hart, wenn du aufhören würdest, dich um jeden anderen auch noch kümmern zu wollen." Er schob das Kinn vor, und seine Stimme wurde weicher. „Oder wenn du andere Menschen dir helfen lassen würdest. Wie zum Beispiel mich. Ich musste dich ja praktisch zwingen, mich meine eigene Wohnung streichen zu lassen. Die Menschen helfen sich nun mal gegenseitig, und vielleicht bist du nicht daran gewöhnt. Aber das tun die Menschen, wenn sie einander gernhaben."

Ich starrte ihn direkt an. „Ich könnte dir nie das Leben geben, das du willst, und du verdienst, alles zu haben. Ich hoffe, dass wir noch Freunde bleiben können, aber ich werde über diese Sache nicht mehr diskutieren. Meine Entscheidung ist endgültig."

Ein Ausdruck von Verletztsein flackerte über sein Gesicht, dann verhärteten sich seine Gesichtszüge. „Du kannst die Menschen immer nur so oft wegstoßen, bis sie nicht mehr zurückkommen."

Meine Brust fühlte sich leer an. „Offensichtlich wird durch das gemeinsame Streichen diese Sache auch nicht leichter. Ich komme morgen zurück und mache da alles fertig. Allein!"

„Du bist der Boss." Er brachte mich zur Tür, zog sie für mich auf, damit ich hinausschlüpfen konnte. Dann zögerte er. „Natürlich werde ich dein Freund sein. Ich werde immer da sein, wenn du mich brauchst."

„Ich auch." Seine Worte waren tröstlich, aber seine Augen waren kalt und abwesend. „Gute Nacht, Greg."

„Auf Wiedersehen, Ginger", sagte er, dann schloss er die Tür.

Ein Gefühl des Verlusts schlitzte mich auf, und der Schmerz brannte in meiner Brust. Auf einmal fühlte ich mich sehr allein, was aber genau das war, was ich die ganze Zeit gewollt hatte. Einfach nur mich selbst, um den ich mich kümmern wollte und um sonst niemanden. Aber nun fühlte ich mich gar nicht mehr selbstverantwortlich – ich fühlte mich eher so, als hätte ich etwas Wertvolles verloren.

Besser gesagt: *Jemanden* Wertvollen.

KAPITEL SIEBEN

Als ich Gregs Wohnung verließ, war mir klar, dass ich die Dinge auf die einzig mögliche Weise beendet hatte, aber mein Herz fühlte sich an, als wäre es aus meiner Brust gerissen worden. Und ehrlich gesagt glaubte ich nicht, dass ich mich überhaupt noch schlimmer fühlen könnte. Ich hatte Unrecht.

Sobald ich meine Wohnung betrat, sah ich meine Mutter auf dem Sofa neben Mary Ann sitzen.

Meine Mam stand auf. „Na, da bist du ja! Ich nehme an, dein Handy ist kaputt oder du bist überfallen worden. Wenigstens hoffe ich, dass du einen guten Grund hast, warum du deine Mutter noch nicht angerufen hast, obwohl ich mich schon so wegen dir herumgequält habe.“

„Das haben wir *beide*.“ Mary Anns Gesicht verzerrte sich zu ihrem berüchtigten Schmollmund, und sie verschränkte die Arme. „Hast du meine Textnachrichten nicht bekommen?“

„Doch.“ Ich hatte ihre Texte gelesen, doch dann hatte Greg mir ganz offen von seinem Vater erzählt. Seine Worte wirbelten durch meinen Kopf und machten mich schwindlig. Ich hatte ihn wegstoßen müssen, aber ihn zu verlieren machte die Sache nicht leichter. Weit entfernt. Übelkeit stieg in mir hoch, und ich hielt mich zur Unterstützung an der Rückenlehne der Couch fest. „Ich war oben und habe gearbeitet."

Mam spitzte die Lippen. „Woran gearbeitet?"

„Ich hab dir doch von Gingers Projekt erzählt, als wir heute Vormittag Stoff eingekauft haben für diese Tagesdecke, die du machst." Mary Ann schlug ihre Beine unter sich ein und starrte mich dann mit offenem Mund und gespieltem Entsetzen an. „Wenn ich noch einen weiteren Stoffballen Blumenmuster anschauen muss, könnte es sein, dass ich ihn anzünde."

„Ach, dieses Wohltätigkeitsprojekt." Mam schnippte mit den Fingern. „Sie machen ein Interview mit dir über das Heim, das du up to date bringst. Richtig?"

Verwirrt legte ich die Stirn in Falten. Eigentlich wirkte sie so, als wäre sie aufgeregt für mich, was aber – wie ich wusste – nicht möglich sein konnte. Eine Karriere im künstlerischen Bereich konnte keine Stabilität garantieren. Diese Phrase hatte ich eine Million Mal aus ihrem Mund gehört.

„Ich habe die Wände des Wohnzimmers in ‚Urbanem Kaffeebraun' gestrichen, was ich als grundlegendes Beige in der ganzen Wohnung verwende." Ich ließ meine Handtasche auf den Sofatisch fallen, bewegte mich Zentimeter für Zentimeter näher an sie heran, erstaunt, dass sie zum ersten Mal an meinen kreativen Interessen Interesse zeigte. „An diesem Wochenende habe ich mit meinem Auftraggeber Möbel ausgesucht, die morgen geliefert werden. Ich muss jetzt nur noch Kunstwerke malen, um den letzte Schliff zu geben und die Farbakzente zu setzten."

„Das klingt wundervoll, meine Liebe." Auf Mams Gesicht breitete sich ein Strahlen aus, und sie wandte sich an Mary Ann. „Auf mich wirkt sie nicht so, als wäre sie zwei Zentimeter davon entfernt, den Verstand zu verlieren."

Mary Ann schnaubte. „Du hast sie ja am Freitag nicht gesehen."

„Ihr könnt aufhören, besorgt zu sein, denn es geht mir gut." Beruhigend hielt ich meine Handflächen hoch. „Niemand wird irgendetwas verlieren."

Außer dass ich Greg verloren hatte. Freiwillig, und zu seinem eigenen Besten. Oh weh! Ich schüttelte den Kopf in dem Wissen, dass meine Gründe die Sache auch nicht leichter machten. Ich musste unbedingt glückliche Gedanken denken! „Willst du das Gemälde sehen, an dem ich für das Projekt arbeite?"

„Kann nicht." Mary Ann sprang von der Couch. „Ich habe einen Termin mit einem Schaumbad. Gut, dass du am Leben bist. Nächstes Mal ruf an!"

Ich sah ihr zu, wie sie davonflitzte, dann deutete ich zu meinem Zimmer, und meine Mam folgte mir hinein. Neben der Staffelei, auf der sich mein momentan in Arbeit befindliches Kunstwerk befand, hielten wir an. „Es ist noch nicht fertig, aber es wird in das Wohnzimmer meines Auftraggebers kommen. Was hältst du davon?"

„Es ist...farbenfroh." Sie lächelte mein Gemälde an, als würde sie einen Hundewelpen bewundern. „Aber in Wahrheit kam ich vorbei, um dir bei deinen Bewerbungen zu helfen. Die sollten wir morgen als allererstes abschicken."

Als ich merkte, dass sie immer noch von diesen Büroleiterstellen sprach, öffnete ich entsetzt den Mund. „Mam, ich bewerbe mich nicht für diese Jobs, von denen du mir erzählt hast. Ich möchte mein eigenes Geschäft eröffnen. Diese Frau von *Sacramento Living* macht einen sechsseitigen Artikel über die Wohnung, die ich gestalte, und sie will mich bereits ihren Freunden weiterempfehlen."

„Kunst ist ein nettes Hobby, meine Liebe." Mam spitzte die Lippen. „Aber du brauchst einen wirklichen Job mit einem regelmäßigen Einkommen."

Mein Blut kochte. „Das Gestalten und Dekorieren wird mein wirklicher Job werden. Mein Kunde liebt meine Arbeit. Die Journalistin lobt das, was ich mache, auch in den höchsten Tönen. Sie sagte, ich hätte ein einzigartiges Gespür. Ich werde das machen, Mam, ob du es billigst oder nicht."

Obwohl meine Stimme fest war, wurde mein Inneres wachsweich. Ich hatte noch nie zuvor meiner Mam gegenüber so klar und deutlich meine Ansichten kundgetan. Wenn ich das getan hätte, hätte ich niemals einen Abschluss in Wirtschaft gemacht. Seufz!

„Ich sehe, dass du wild entschlossen bist." Sie runzelte die Stirn, so wie sie es immer tat, wenn sie tief in Gedanken versunken war. „Die klügste Vorgehensweise wäre wohl, sich für die vernünftigen Jobs, die ich gefunden habe, zu bewerben, und gleichzeitig bereitest du dich trotzdem auf diesen Zeitschriftenartikel vor. Auf diese Weise hältst du dir alle Möglichkeiten offen für den Fall, dass ein Weg eine Sackgasse ist."

Das war eine logische Begründung. „Das ergibt Sinn. Das könnte ich tun."

Als nächstes näherte sie sich meiner Staffelei und musterte meine leuchtenden Pinselstriche. „Du weißt, dass Malerei nicht gerade meine Stärke ist, aber wenn du eine große Bandbreite von Kunden anziehen willst, solltest du vielleicht eher neutrale Farben verwenden."

In meinem Magen rumorte es vor Bedenken. „Aber der Journalistin gefiel das gerahmte Poster von Van Goghs *Zwölf Sonnenblumen in einer Vase* sehr, das ich im Arbeitszimmer aufgehängt habe."

Mam machte eine wegwerfende Handbewegung. „Weil Van Goghs Gemälde weltberühmt sind. Siehst du, was ich mit der Bandbreite gemeint habe?"

Ich biss mir auf die Lippe und nickte langsam. „Ich will nur nicht, dass sich sein Wohnzimmer langweilig anfühlt. Ich benutze beige als Grundton, aber –"

„Neutrale Farben sind klassisch schön, nicht langweilig." Sie tippte mit ihrem Zeigefinger an ihr Kinn. „Wie wäre es mit einem schönen Landschaftsbild? Das würde ungefähr jedem gefallen. Findest du nicht?"

Sogleich dachte ich an die Landschaft, die Rachel mir letzte Woche in Laurel Anns Laden gezeigt hatte. Eindeutig klassisch schön. „Ich habe ein Gemälde gesehen, das passen könnte."

„Das klingt gut." Sie sah auf die Uhr. „Es wird spät. Jetzt, da ich weiß, dass du wieder in der Spur bist, kann ich heute Abend wieder schlafen. Vergiss nicht, du brauchst einen sicheren Job, der dir jeden Monat einen regelmäßigen Gehaltsscheck verschafft!"

„Klar", sagte ich, völlig erschöpft von den Ereignissen dieses Tages. Nachdem ich meine Mutter hinausgebracht und die Vordertür abgesperrt hatte, kehrte ich zu meiner Staffelei zurück. Auch wenn ich dieses Bild nicht in Gregs Wohnzimmer verwenden würde, wollte ich dieses abstrakte Kunstwerk einfach so zum Spaß fertigstellen.

Nur, dass meine Muse mich wieder einmal im Stich gelassen hatte.

Letztendlich gab ich auf, kroch in mein Bett und zog die Bettdecke über mich. Greg war mittlerweile längst zur Arbeit gegangen, und ich sorgte mich um The Skipper, der ganz alleine dort oben war. Aber das sollte mich nicht kümmern! Er war Gregs Kater, nicht meiner. Unglücklicherweise waren diese beiden die Einzigen, an die ich denken konnte.

* * *

Dienstagmittag sauste ich hoch zu meinem Termin mit Jenna. Es war irgendwie schmerzhaft ironisch, dass sie die Mittagszeit für unser Treffen beibehielt, da ich ja keinen Job mehr hatte, zu dem ich zurückkehren musste – nicht, dass sie darüber Bescheid wusste, aber dennoch.

Als ich gestern hinaufgegangen war, um fertig zu streichen, war der Job bereits erledigt. Obwohl ich Greg verletzt hatte, hatte er mir dennoch helfen wollen. Er war wirklich ein großartiger Kerl, und ich wusste, er würde irgendeine Frau echt glücklich machen. Beim Gedanken an ihn mit einer anderen Frau rebellierte mein Magen.

Indem ich die logisch einleuchtende Begründung benutzte, auf ein möglichst breites Publikum Eindruck zu machen, war ich gestern zu Laurel Anns Geschäft gegangen und hatte das Landschaftsbild gekauft. Ich befolgte auch den Ratschlag meiner Mutter und wählte neutrale Farben für die akzentuierenden Kissen, den Teppich und die weißen Seidenblumen in einer Kristallvase. Einfach und klassisch schön. Ich konnte kaum erwarten, wie Jenna es finden würde. Oder auch Greg, der es geschafft hatte, zu verschwinden, während ich dekorierte.

Da ich die Badezimmer am Samstag vervollständigt hatte, blieb somit nur noch das große Schlafzimmer übrig, das gestaltet werden musste. Ich freute mich nicht darauf, in Gregs Schlafzimmer Zeit zu verbringen. Das schien jetzt doch viel zu persönlich zu sein für den momentanen Stand unserer Beziehung.

Ich kam oben an der Treppe an, holte tief Atem, dann hob ich meine Hand, um zu klopfen –

„Ginger!", ertönte Jennas Stimme hinter mir, als sie mit ihren Stöckelschuhen die Treppe heraufklackerte. „Wie geht es dir?"

Schlecht. Elend. Besorgt. Einsam.

„Danke, gut." Ich zwang mich zu einem Lächeln. „Ich kann es kaum erwarten, zu hören, was du davon hältst, wie ich die Badezimmer und das Wohnzimmer gestaltet habe."

Sie packte den Gurt ihrer Tasche über der Schulter. „Ich freue mich schon das ganze Wochenende darauf. Hast du drangedacht, die Visitenkarten mitzubringen? Ich habe eine Mitarbeiterin, die ihr ganzes Haus renovieren will – dreihundertsiebzig Quadratmeter – und ich schwärmte ihr vor, wie toll du Gregs Arbeitszimmer gestaltet hast."

Hoffnung flatterte in mir auf, und meine Augen wurden feucht. Nach all den Jahren fühlte sich nun mein Traumjob in Reichweite an.

„Vielen herzlichen Dank." Ich machte den Reißverschluss meiner Handtasche auf, zog einen kleinen Stapel Visitenkarten heraus und reichte sie ihr. „Wenn du mehr brauchst, gib mir Bescheid!"

„Fantastisches Design!" Jenna begutachtete den antiken Stuhl mit dem magischen Farbpinsel, den mir meine Muse eingegeben hatte, ehe sie mich vergessen und verlassen hatte. „Das ist so typisch *du*."

Ich errötete bei diesem Kompliment, dann klopfte ich an Gregs Tür. Mein Magen krampfte sich zusammen, Übelkeit stieg in meiner Kehle auf. Hasste er mich? Er musste mich ein klein wenig mögen, da er das Wohnzimmer fertiggestrichen hatte. Obwohl er das wahrscheinlich nur getan hatte, um nett zu sein, und er hatte darauf hingewiesen, dass es ja seine Wohnung war...

Die Tür ging auf, und da stand er direkt vor mir. Nah genug, dass ich ihn berühren konnte. Nicht, dass ich das diesmal tun würde.

Meine Kehle wurde trocken, und ich schluckte. „Hallo!"

„ Selber Hallo!" Sein Ton war freundlich, aber seinen Augen fehlte das Funkeln, an das ich mich gewöhnt hatte, wenn ich ihn sah und er mich begrüßte. „Hallo, Jenna! Komm rein!"

Ich trottete hinterher, hielt mich im Hintergrund, wartete auf Jennas Reaktion, dass sie davon schwärmte, wie all ihre Leser diesen Raum lieben würden. Stattdessen erntete ich Stille. Sie wanderte im Zimmer herum, unter-suchte die Vase, die Blumen, das Kunstwerk und alles, was ich ausgesucht hatte. Immer noch kein Kommentar. Mein Blick schoss zu Greg, der an der Wand lehnte und meinem Blick auswich.

Beklemmung machte sich in mir breit, bis ich es nicht mehr ertragen konnte. Ich näherte mich Jenna. „Was denkst du?"

Ihr Mund öffnete sich und schloss sich wieder, wie bei einem verwirrten Guppy. „Ehrlich? Es ist nicht das, was ich erwartet hatte. ..."

„Okay." Mein Kopf kippte langsam nickend auf und ab in dem Versuch, herauszufinden, ob sie das auf eine positive oder negative Art meinte. Ich verknotete meine Hände. „Ich zielte darauf ab, die Mehrheit deiner Leser anzusprechen, deshalb hielt ich mich diesmal an neutrale Farben."

„Oh." Sie nickte, und ihr blonder Pferdeschwanz wippte auf und nieder, ehe sie anfing, den Kopf zu schütteln. „Viel-leicht fühlt es sich deshalb ein wenig... allgemein... so nullachtfünfzehn an. Ich bin nicht sicher, ob das für den Artikel reicht."

„Nullachtfünfzehn?" Meine Stimme verlor ihren

Ausdruck, und mein Herz fiel bis in den Keller. Es gab keine Möglichkeit, das Wort ‚nullachtfünfzehn‘ in eine positive Bewertung einfließen zu lassen. Ich sollte das wissen, weil ich mein ganzes Leben lang auf die Meinungen anderer Menschen gehört hatte. Niemand hatte jemals fünf Sterne bekommen für *nullachtfünfzehn*. Vielleicht würde ich eine zwei Sterne-Bewertung bekommen, wenn ich Glück hatte. Panik kochte in mir hoch, und ich wollte doch so überhaupt *nicht* zu irgendeinem Bürojob zurückkehren. Jenna hatte keine Bewegung zu ihrer Kamera gemacht, und ich sah bereits, wie meine heißgeliebte Karriere mir durch die Finger rieselte.

„Warum schaust du dir nicht die Badezimmer an?" Gregs Stimme schien aus dem Nirgendwo zu kommen, und ich wollte ihm sagen, dass er ihr *nichts* mehr von meiner Arbeit zeigen sollte, bis ich herausgefunden hatte, wo ich falsch abgebogen war.

„Richtig." Sie blickte so auf die Uhr, als könnte sie es nicht erwarten, möglichst schnell von hier wegzukommen.

Sobald sie um die Ecke verschwunden war, funkelte ich Greg böse an. „Würdest du bitte aufhören, mir helfen zu wollen? Ich kann selbst mit meinem Leben zurechtkommen, und du machst alles nur noch schlimmer. Offenbar hasst sie –"

„Wow!" Jennas schriller Ton kam aus dem Gästebadezimmer. „Das ist *wunderschön*!"

Mein Herz machte einen Freudensprung, und ich warf Greg einen entschuldigenden Blick zu. „Woher wusstest du das?"

Greg zog eine Augenbraue hoch. „The Skipper hat es gefallen."

Ich lachte laut auf, aber dann zuckte sein Mundwinkel hoch, was mir verriet, dass er nur Spaß gemacht hatte. Er schüttelte den Kopf, dann gesellten wir uns zu Jenna, die verschiedene Schnappschüsse vom Duschvorhang, den Handtüchern, Badvorlegern und Accessoires machte. Ganz Foto-happy ging sie ins große Badezimmer. Bevor sie ging, sagte ich: „Ich würde das Wohnzimmer gerne nochmal umgestalten, um es weniger... nullachtfünfzehn zu machen. Wenn es dir nichts ausmacht, mir einen zweiten Versuch zuzugestehen...“

„Klar. Kein Problem. Ich werde am Freitag nochmal einen Blick drauf werfen, wenn ich die Bilder vom großen Schlafzimmer mache“, sagte sie.

Sobald Greg die Tür hinter Jenna geschlossen hatte, ließ ich mich auf sein neues (Ben-Stiller-würdiges) Sofa fallen und vergrub mein Gesicht in den Händen. „Sie hasste dieses Zimmer.“

Greg setzte sich auf das entgegengesetzte Ende der Couch. „Ich bin nicht überrascht, dass es ihr nicht gefallen hat.“

Mein Kopf schnellte hoch, und ich starrte ihn mit offenem Mund an. „Wirklich?“

Er schüttelte den Kopf und legte seinen Knöchel auf sein anderes Knie. „Das Wohnzimmer ist nicht du, und auch nicht ich.“

Verwirrt hielt ich meine Hände hoch. „Wie kann das sein? Ich habe es so gestaltet, um eine breite Masse anzusprechen.“

Seine Brauen zogen sich zusammen. „Warum sollte das dein Ziel sein?“

„Um vernünftig zu sein“, gab ich zu, dann beschloss ich, die ganze Sache zu gestehen. „Ich hatte etwas Besonderes für dich gemalt, aber meine Mam fand, die Inneneinrichtung sollte einem breiteren Publikum gerecht werden.“

„Ich bin gerührt, dass du etwas für mich persönlich malst. Ist deine Mam eine Künstlerin?"

Ich legte meine Handfläche auf meine Stirn. „Nein, sie hat einen Abschluss in Wirtschaft und arbeitet in der Buchhaltung einer Bekleidungsfirma."

„Also hörst du auf ihren Rat, weil...?"

Ich zuckte mit den Schultern und fühlte mich sehr schwach. „Es das ist, was ich mein ganzes Leben lang schon tue."

Er rutschte etwas vor, stützte seine Ellbogen auf seine Knie. „Die Art, wie du gestaltest, ist nicht vernünftig. Sie ist leidenschaftlich, warm und lebenssprühend – so wie du. Vielleicht wird es Zeit, dass du akzeptierst, dass du fabelhaft bist, und für dich selbst eintrittst."

Dachte er, dass ich all jene Eigenschaften hätte? Dass ich fabelhaft wäre?

Das dachte er wirklich. Ich konnte es in seinen Augen sehen. In seiner Stimme hören. Und auf einmal war ich von Zuversicht und Selbstvertrauen erfüllt. Vielleicht würden meine Gestaltung und meine Persönlichkeit nicht den Geschmack von jedem treffen, aber wenn es meinen Kunden gefiel, wie zum Beispiel Greg, dem es sehr gefiel, dann sollte das die Hauptsache sein.

„Du hast Recht." Ich stand auf, und jede Faser meines Seins ballte sich zu einer Faust. „Es ist schon viel zu lange an der Zeit, dass ich für mich selbst eintreten sollte. Danke, Greg!"

„Gern geschehen." Er führte mich zur Tür. „Dafür hat man Freunde. Bloß, weil wir keine Dates vereinbaren, heißt das nicht, dass ich nicht für dich da sein werde."

Ein warmes, ein tröstliches Gefühl durchströmte mich. Dann bemerkte ich, wie spät es war. „Du musst heute Abend arbeiten. Warum schläfst du nicht?"

„Das ist dir wichtig?" Er steckte die Hände in die Hosentaschen, und auf seiner Wange erschien ein Grübchen. „Mach dir keine Sorgen! Ich werde später ein Schläfchen halten."

„Danke dir." Ich blickte zu ihm auf und hoffte, dass er wusste, wie viel mir diese zwei kleinen Worte bedeuteten und wie viel ich damit ausdrücken wollte. Auch wenn ich dieses Fotoshooting vermasselt hatte, hatte er immer noch Vertrauen in meine künstlerischen Fähigkeiten, hatte er Vertrauen in *mich*.

Gott sei Dank gab mir Jenna eine zweite Chance! Jetzt musste ich sie umso mehr beeindrucken – indem ich mein wahres Ich war.

* * *

Meine Mam klopfte am Dienstagabend Punkt sechs Uhr an meiner Eingangstür, genau wie ich sie gebeten hatte. Ich zog die Tür auf, die nicht verschlossen gewesen war. Seufz! Egal wie oft ich meine Schwester auch bat, an unsere Sicherheit zu denken, sie weigerte sich immer noch, auf mich zu hören.

„Was ist los?" Mam kam herein und zog ihren weißen Blazer aus. „Du hast gesagt, dies sei wichtig. Hast du einen neuen Job gefunden?"

„Nein." Ich schloss die Eingangstür, dann gestikulierte ich Richtung Couch, wo Mary Ann bereits saß, mit ihren Füßen auf dem Kaffeetisch. „Vielen Dank, dass ihr beide gekommen seid."

Mary Ann war etwas verärgert. „Ich verstehe nicht, warum ich hier sein muss."

„Das wirst du gleich." Ich schaute hinüber und sah, wie

sie an einem eingerissenen Fingernagel herumzupfte. „Kannst du das nicht im Badezimmer erledigen? Ekelhaft."

Mam starrte uns mit offenem Mund an. „Was ist los, Ginger? Ich bekomme gleich einen Herzinfarkt."

Bei dem Wort ‚Herzinfarkt' entwich die Luft aus meinen Lungen, und vor meinem geistigen Augen tauchte blitzartig das Foto in Gregs Arbeitszimmer von ihm und seinem Vater auf. Ich konnte immer noch seinen schmerzerfüllten Gesichtsausdruck sehen, als er mir erzählt hatte, wie sein Vater gestorben war. Und ich hatte gedacht, er hätte eine perfekte Kindheit gehabt. Falsch.

Nervös tigerte ich auf dem Teppich auf und ab, während Übelkeit in mir aufstieg und ich gleichzeitig mein Bauchgefühl bekämpfte, das mir riet, den Mund zu halten. Ich liebte meine Mam und meine Schwester, musste ihnen aber trotzdem unbedingt gestehen, wie ich mich wirklich fühlte, doch ich hasste die Vorstellung, sie wütend zu machen. Auch wenn es nicht logisch war, wollte ein Teil von mir, dass alles glatt und angenehm verlief, und ich wollte nicht riskieren, sie zu verletzen. Ich wollte nicht riskieren, sie so vor den Kopf zu stoßen wie mein Vater, als er gegangen war.

Tief einatmend blieb ich vor ihnen stehen. „Ich muss euch beiden etwas sagen."

„Wir sind ganz Ohr." Mary Ann lenkte den Blick auf mich. „Aber fass dich bitte kurz! Ich habe heute Abend ein Date mit einem Typen, den ich im Fitness-Studio kennen gelernt habe."

Ich legte den Kopf schief. „Was ist mit Liam passiert?"

„Nichts." Sie verlagerte ihre Füße auf dem Kaffeetisch. „Er ist nett, aber du kennst mich."

„Stimmt." Meine Stimme wurde strenger. „Und darüber wird auch zu sprechen sein."

„Ginger, dein Ton!" Mam straffte sich. „Was ist über dich gekommen?"

Ich drehte mich herum und schaute ihr ins Gesicht. „Im Grunde genommen hast du meine Träume zerstört."

„Wie habe ich das angestellt?" Mary Anns hübsches Gesicht verzog sich zu einem Schmollmund.

„Nicht du." Ich nickte Richtung Mam. „Dieser Kommentar war auf Mam gerichtet. Ich habe heute mein Inneneinrichtungs-Projekt in den Sand gesetzt und hätte mit meinem Geschäft beinahe einen Riesenfehlstart hingelegt. Zum Glück gibt Jenna mir noch eine zweite Chance."

Mamas Augenbrauen zogen sich zusammen. „Wie könnte ich dafür verantwortlich sein? Ich sagte dir, du solltest deine Bewerbungen verschicken, um dir verschiedene Möglichkeiten offenzuhalten."

„Genau." Ich stemmte meine Hände in die Hüften, nahm eine Pose ein, die mich stark an Mary Ann erinnerte. „Nachdem ich dir gesagt hatte, wie sehr ich es hasste, in einem Büro zu arbeiten. Warum solltest du mich ermutigen, wieder einen Job zu finden, der mich unglücklich macht?"

Verwirrt und erschöpft dreinblickend hob sie ihre Arme. „Den Grund nennt man Arbeit. Man nennt es nicht Spaß."

Ich ließ mich neben ihr auf das Sofa fallen, und meine Knie wippten unruhig auf und ab. „Aber ich habe dir erzählt, wie gern ich mein eigenes Inneneinrichtungs-Unternehmen gründen würde. Ich zeigte dir ganz begeistert das Bild, an dem ich arbeitete. Du brachtest mich dazu, dass ich mich selbst gering einschätzte. Deshalb habe ich deinen Rat befolgt und habe einen recht neutralen, harmlosen Raum gestaltet."

„Und?" Mary Ann gestikulierte ungeduldig. „Spann uns nicht auf die Folter!"

Ich legte all meine Enttäuschung in meine hochge-streckten Arme. „Jenna gefiel es überhaupt nicht."

„Klar." Mary Ann nickte. „Neutral klingt nach hübsch durchschnittlich, nullachtfünfzehn."

Kopfschüttelnd und mit Tränen in den Augen wandte ich mich an meine Mutter. „Warum kannst du mir nie zuhö-ren, wenn ich dir sage, was ich tun will? Vielleicht ist eine künstlerische Arbeit nicht etwas, das du gut findest, aber mich macht sie glücklich. Ich brauche dich, dass du meine Träume unterstützt. Das habe ich verdient."

„Ich habe dich noch nie so zu mir sprechen hören. Ich..." Meine Mutter hielt inne, starrte mich fassungslos an. Dann legte sie die Stirn in Falten, ihre Augen weiteten sich, und sie nickte knapp. „Du hast Recht."

Mary Ann sagte: „Wie bitte?", zur selben Zeit, als ich „Wirklich?" sagte.

Mam nickte. „Ich bin immer sehr vorsichtig gewesen. Ich will, dass ihr beide das abgesicherte Leben habt, das ich euch nicht geben konnte. Ich bin keine Risiken eingegan-gen. Ich habe nie mit eurem Vater ein Machtwort gespro-chen, was seine Trinkerei anbelangte."

Ich biss mir auf die Lippe. „Warum nicht?"

Sie tupfte sich die Augenwinkel ab. „Aus Angst davor, was passieren könnte, schätze ich."

„Egal was", sagte ich und dachte dabei an Greg, „die Sonne wird auch am nächsten Tag wieder aufgehen."

Mary Ann flitzte herüber, sodass sie neben uns war. „Du solltest mit Dad reden, wenn du nicht glücklich bist, Mam. Du kannst vor den Problemen nicht einfach davonlaufen."

Mam holte tief Luft. „Du hast auch Recht. Ich werde etwas sagen. Letztendlich!","Gut." Ich gab ein lockendes Geräusch von mir und wandte mich an Mary Ann. „Das bringt mich zu dir. Ich brauche deine Hilfe."

Sie rümpfte die Nase. „Kein Anstreichen mehr, bitte! Ich habe heute Abend ein Date, weißt du noch?"

„Sag es bitte ab!" Mein Tonfall duldete keine Widerrede. „Ich habe dich jahrelang unterstützt, und diese Woche brauche ich wirklich deine Hilfe. Danach setzen wir uns zusammen und suchen für dich eine eigene Wohnung."

„Was? Warum?"

Ich lächelte sie an. „Weil ich dir nahe sein will, und das wird nie geschehen, wenn wir in derselben Wohnung zusammenleben. Wir sind zu verschieden, und aus irgendeinem Grund meinst du, du kannst dich vor der Miete drücken –"

„Ich hab bloß letzten Monat nicht bezahlt." Ihr Mund öffnete sich, und sie hob einen Finger. „Und, naja, vielleicht im Monat davor. Ähm, warte mal..."

„Bemüh dich nicht! Ich habe eine Strichliste, und du wirst mir die Miete zurückzahlen, Blinzlerin! Alles, und basta!" Bei ihrem hinreißenden Schmollmund, den sie nun zog, musste ich beinahe lachen, aber diesmal würde sie sich nicht vor ihrer Verantwortung drücken können. „Und vergiss einstweilen diesen Typen vom Fitness-Studio, sondern gib erst mal Liam eine Chance! Es klingt so, als wäre er ein netter Kerl. Hör auf, deine ein-Date-und-das-war's-Regel zu verwenden, um dich selbst zu schützen! Und amüsier dich trotzdem! Wen kümmert's, dass es das dritte Date ist? Einen Typen besser kennen zu lernen kann auch gut sein."

Mandelbraune Augen erschienen vor meinem geistigen Auge, tanzten und füllten die Leere in meinem Herzen aus, von der ich nicht einmal gewusst hatte, dass sie dort war. Mary Ann tippte mit ihrem Finger an ihre Wange. „Liam ist schon sehr cool mit seinem Kinnbart."

„Ist das alles?" Meine Mam schien den Atem anzuhalten.

„Nein." Ich lächelte und schüttelte gleichzeitig den Kopf. „Also... ich liebe euch beide! Sehr!"

„Oh!" Mam legte ihre Arme um uns. „Damit komme ich klar. Und ich liebe euch auch, meine Mädchen!"

Mary Ann drückte uns beide fest, dann blickte sie zu mir auf. „Wie viel Arbeit willst du eigentlich von mir erzwingen?"

Da ich an die kleine Ecke dachte, die sie letzte Woche im Schneckentempo gemalt hatte, sagte ich: „Das wird dir so vorkommen, als wäre es ewig!"

Dann lachte ich. Meine Familie mochte vielleicht nicht perfekt sein, aber sie waren die Meinen.

KAPITEL ACHT

Mary Ann mochte vielleicht mit den Aufgaben, die ich ihr zuwies, nicht glücklich sein, aber sie hielt die ganze Woche lang tapfer für mich durch. Hauptsächlich ließ ich sie Dinge zurückbringen, Gegenstände, die das breite Publikum ansprachen und die ich nicht mehr brauchen würde. Wenn ein Kunde eine neutrale Einrichtung wollte, dann wäre Up to Date by Ginger Nielsen nicht die richtige Wahl.

Meine Muse war immer noch auf der Flucht vor mir. Das farbenfrohe Gemälde, das ich für Gregs Wohnzimmer begonnen hatte, ruhte nach wie vor auf meiner Staffelei, machte aber keine nennenswerten Fortschritte. Am Montag, Dienstag und Mittwoch drehte ich meine abendliche Joggingrunde, kam aber irgendwie nicht mehr in dieses Glücksgefühl hinein. Ich konnte meinen Kopf nicht frei bekommen. Ständig zirkulierten Gedanken an Greg durch meine Gedankenwelt, als wären die feinen Risse, die er in meiner Schutzwand verursacht hatte, nun ganz aufgebrochen.

Es hatte einfach keinen Zweck. Ich musste mich unbedingt darauf konzentrieren, meine Karriereträume wahr werden zu lassen. Ich musste Jenna mit diesem Einrichtungsprojekt beeindrucken, damit mein Lebensplan Gestalt annehmen könnte. Auch wenn dieser Lebensplan Greg nicht mit einschloss.

Bis Donnerstagabend hatte ich alles besorgt, was ich brauchte, um mit der Einrichtungsgestaltung fertig zu werden und diese Notwendigkeiten waren alle in Gregs Wohnzimmer angehäuft. Nun kam der Teil, der am meisten Spaß machte – die neuen Gegenstände dort hinzustellen oder anzubringen, wo sie hingehörten. Mary Ann hatte heute Abend ein drittes Date mit Liam, deshalb würde ich einen Alleinflug machen. Ich lernte Liam persönlich kennen, als er sie abholte, und es hatte den Anschein, als himmelte er Mary Ann an. Ich war stolz auf meine kleine Schwester, dass sie ihre Regeln brach und einen weiteren Versuch mit dem Typen riskierte. Das war ein großer Schritt für sie.

Ich wanderte nach oben, um die Gestaltung in Angriff zu nehmen, steckte den Schlüssel ins Schloss und war überrascht, als die Tür aufgerissen wurde. Ich starrte Greg an und blinzelte. „H-Hallo!"

„Selber hallo!" Sein Lächeln war so freundlich wie immer, aber das Funkeln in seinen Augen, das mich normalerweise begrüßte, war nicht da. Ich spürte dessen Abwesenheit wie ein Messer in meiner Brust, aber ich versuchte, es mir nicht anmerken zu lassen.

Ich überprüfte nochmals meine Uhr. „Ich dachte, du wärst bereits auf dem Weg zur Arbeit."

Er lehnte sich an den Türrahmen. „Mary Ann sagte mir, dass sie heute Abend ein heißes Date hätte. Das macht mich zu deinem einzigen Assistenten. Wo soll ich anfangen?"

„Wovon redest du?" Ich schlüpfte hinein, zog meine

Schuhe aus, dann verschränkte ich die Arme. „Es ist Donnerstag. Du arbeitest heute."

Er schloss die Tür, dann drehte er sich zu mir um, um mich anzuschauen. „Das ist deine letzte Nacht, um alles für dieses Projekt fertigzustellen. Ich weiß, wie viel dir dies bedeutet, es geht also auf gar keinen Fall, dass ich dich jetzt im Stich lasse."

Mein Dad hatte mich bei unzähligen Ereignissen, die für mich wichtig waren, während ich aufwuchs, im Stich gelassen. Der Notfalldienst kam immer an erster Stelle. Jedes einzelne Mal. „W-Wie hast du die Nacht frei bekommen?"

„Ich habe mit einer anderen Person die Schicht getauscht." Er zuckte mit den Schultern. „Es ergab sich, dass diese Ärztin an einem anderen Abend frei haben will, damit sie das Theaterstück ihrer Kinder an der Schule sehen kann." Sein durchdringender Blick schnitt in mich hinein. „Im Grunde genommen bin ich für dich da. Das habe ich dir schon vorher gesagt, und das habe ich auch so gemeint."

Meine Kehle schnürte sich zu. „Das bedeutet doch zu viele Umstände für dich, um für etwas Zeit zu haben, das eigentlich mein Problem ist. Es fühlt sich an, als würde ich aus deiner Freundschaft einen Vorteil ziehen."

„Du verstehst mich immer noch nicht." Dann machte er einen Schritt vorwärts und tat etwas, was er nicht mehr getan hatte, seit ich die Dinge gestoppt hatte – er berührte mich. Alles, was er tat, war, nur kurz meine Schulter zu streifen, aber das Kribbeln, das durch mich hindurchzischte, war nicht aufzuhalten. Seine Augen bohrten sich in meine. „Du musst nicht alles alleine machen."

Seine Worte entfesselten einen Sturm, der mein Innerstes erschütterte. Greg hatte so viele meiner inneren Überzeugungen über den Haufen geworfen: Dass die Belastung eines

Arztes, der Notfalldienst leisten musste, zu viel war als dass ein Mensch sie ertragen könnte. Dass der anspruchsvolle Job keine Zeit für die Familie lassen würde – oder für eine maßlos verwirrte Nachbarin aus dem unteren Stockwerk wie in diesem Fall – und dass es auf dieser Welt keinen Mann geben könnte, der für mich da sein würde, der an mich glauben würde...

„Danke." Ich presste meine Worte erstickt hervor. Teilweise weil ich so gerührt war, aber auch weil eine Woge der Traurigkeit mich erfasste. Selbst wenn Greg jetzt für mich da war, so war er doch nicht der Meine, und ich hatte mich nie zuvor einsamer gefühlt.

Das Wohnungsprojekt war abgeschlossen bis auf das unfertige Gemälde, das auf meiner Staffelei stand und mich verspottete. Ich hatte hunderte Male den Pinsel zur Hand genommen, nicht imstande, auch nur einen Pinselstrich auszuführen, weil sich jede Idee *falsch* anfühlte. In mir baute sich ein gewaltiger Druck auf. Wenn ich dieses Gemälde nicht fertigstellen konnte, würde ich das Landschaftsbild verwenden müssen, das momentan dort hing, das zwar auf seine Weise hübsch war, aber auf keinen Fall die Persönlichkeit meines Kunden widerspiegelte oder einen Ginger-Nielsen-Entwurf darstellte.

Als mein Rücken davon schmerzte, weil ich mit eingeschlagenen Beinen so lang an meinem Schreibtisch gesessen war und meine unfertige Arbeit angestarrt hatte, gab ich schließlich meiner Erschöpfung nach und suchte Entspannung in meinem Bett. Es war mitten in der Nacht, aber da Greg zu Hause war, musste ich mich nicht um The Skipper sorgen, dass er allein in seiner Katzenbox wäre.

Stattdessen konnte ich an nichts anderes als an seinen Besitzer denken.

Greg sagte mir, dass ihm die letzten Räume des Projekts ausnehmend gut gefielen, aber ich wusste tief in mir, dass irgendetwas fehlte – das Bild für das Wohnzimmer, das sich mir immer noch entzog. Mit schweren Augen wälzte ich mich im Bett hin und her, doch der Schlaf wollte sich nicht einstellen. Schließlich kletterte ich wieder aus dem Bett.

Als ich auf die Uhr schaute, bemerkte ich die frühe Stunde und schlüpfte in meine Joggingshort, dann zog ich ein Lauf-T-Shirt über den Kopf. Ich band mein Haar in einem Pferdeschwanz zusammen, schlüpfte zur Vordertür hinaus in den noch dunklen Morgen und rannte los.

Meine Füße donnerten über den Gehsteig. Bei allen Läufen unter der Woche war es mir nicht gelungen, mich völlig darin zu versenken, deshalb versuchte ich es nun gar nicht erst. Als meine Arme im Rhythmus zu meinen Beinen schwangen und meine Atmung es gleichtat, stellten sich dennoch, auch nach mehreren Kilometern, keine euphorischen Gefühle ein.

Tränen brannten in meinen Augen, aber ich befahl meinen Beinen, noch schneller zu werden, und so lief ich weiter als jemals zuvor. All meine Fehler hatten mich schließlich eingeholt, umgaben mittlerweile jede Zelle meines Seins, bis alle Formen des Friedens außer Reichweite waren, zusammen mit meiner Muse. Vielleicht hatte ich es diesmal wirklich arg vermasselt. Vielleicht hatte ich mich geirrt, keine Kinder zu wollen, so wie Greg es angedeutet hatte. Ich konnte nicht mehr sagen, was ich dachte oder fühlte. Ich wollte nur noch rennen, flüchten, alles hinter mir lassen.

Dann, plötzlich, da geschah es. Licht brach durch die Dunkelheit, streckte seine gelben Finger über den Himmel und verwandelte augenblicklich meine Gedanken. Der Sturm in meinem Kopf zog sich zurück, und der große Ball strahlenden Gelbs beruhigte mich, heilte mich und sprach zu mir – bis nur noch ein Bild in meinem Verstand verblieb. Greg! Und er lächelte mich an, seine mandelbraunen Augen funkelten mit all der Liebe und Hoffnung eines neuen Tages.

Ich trieb meine Beine zu noch höherer Geschwindigkeit an und richtete mich mit einem unkontrollierbaren Drang, dieses Gemälde zu beenden, Richtung nach Hause aus. Denn jetzt wusste ich, was jene hellen Farbspritzer auf dem Papier mir hatten sagen wollen, und endlich war ich bereit, zuzuhören.

* * *

Als Jenna am Freitagnachmittag ankam, war Gregs Wohnung der Inbegriff der Perfektion. Nicht perfekt in dem Sinn, eine möglichst breite Leserschaft von *Sacramento Living* anzusprechen, sondern die perfekte Zurschaustellung einer Kombination meines Kunden und mir, was genau das war, wie ich schon immer vorgehen hätte sollen.

Jetzt spielte es keine Rolle mehr für mich, ob Jenna meine Kreation mochte oder nicht und ob sie mich ihren Freunden weiterempfahl. Ich hatte meine Seele in dieses Projekt gesteckt und etwas entworfen, was ich liebte. Jetzt glaubte ich an mein Talent und an mich selbst. Auch wenn ich einen anderen Job annehmen müsste, um Rechnungen bezahlen zu können, würde ich mein Geschäft Schritt für Schritt weiter aufbauen, weil es mein Traum war, und ich würde nicht zulassen, dass sich mir jemals wieder irgendetwas in den Weg stellen würde.

Greg lehnte an der Wand, und ich stand neben ihm, als

Jenna aus dem großen Schlafzimmer zurückkam und das Wohnzimmer in Augenschein nahm. Heitere Kissen passten farblich zu den freundlichen Vorhängen. Ein Teppich mit Gittermuster breitete sich unter dem Kaffeetisch aus und verknüpfte den Raum mit harmonisierenden Farben. Ich hatte ein hölzernes Herzstück gefunden, das einen Hauch von freier Natur hinzufügte, zu dem auch ein großer Birkenfeigenbaum betrug, den ich in der einen Ecke neben der Glasschiebetür platziert hatte.

Das neue Sofa und die Sessel waren einladend. Wir hatten den Fernseher recht hoch oben in einer Wandecke angebracht, wodurch der große Bildschirm zwar noch benutzbar, aber weniger dominierend war. Und das, was den gesamten Raum natürlich zu einer Einheit verschmelzen ließ, war das flächig gemalte Bild des Sonnenaufgangs, das an der Hauptwand zu sehen war.

„Sensationell!" Jenna schoss schnell viele Fotos hintereinander, während sie sprach. „Dramatisch. Außergewöhnlich. Ich glaube, ich brauche ein Synonymwörterbuch", scherzte sie und lachte.

Tiefe Ruhe überkam mich. Sogleich blickte ich auf und fand mandelbraune Augen, die mich prüfend anschauten. Gregs eindringlicher Blick fühlte sich warm und freundlich an, aber seine Augen funkelten immer noch nicht.

Als Jenna uns verließ, nachdem sie geschwärmt hatte, dass sie sicher sei, dass mein Geschäft in Sacramento bestimmt gut florieren würde, wandte ich mich an Greg und wusste, dass dies das Ende war. Es gab für mich keinen Grund mehr, in sein Stockwerk hochzukommen, um die Wohnung zu gestalten. Wir brauchten einander überhaupt nicht mehr zu sehen.

„Ich würde sagen, Jenna ist ein großer Fan von dir." Er bückte sich und nahm The Skipper hoch, der sich an seinen

Fußknöchel geschmiegt hatte. Gregs Blick verband sich mit meinem. „Wie fühlst du sich?"

Ohne ihn? Traurig. Leer. Einsam. ...

Ich musste eine große Anstrengung unternehmen, um ein Lächeln zustande zu bringen, das – so hoffte ich wenigstens – nicht so verlogen aussah, wie es sich anfühlte. „Ich bin schon sehr gespannt auf den Artikel. Es wird eine fantastische Gelegenheit sein, *Schließe Freundschaften* und gleichzeitig auch mein neues Geschäft zu präsentieren. „Ich hoffe, du hast was bekommen für dein Geld, das du bei der Versteigerung ausgegeben hast."

„Und darüber hinaus." Pfeilschnell schoss sein Blick auf das Gemälde, und seine Augen verdunkelten sich. „Dieses Bild ist unbezahlbar. Ich bin fasziniert von den lebhaften Farben, den kräftigen Pinselstrichen, von allem. Das bist du."

„Nein, das bist *du*", sagte ich fest und schüttelte dabei den Kopf. „Egal, was kommt, du stehst bei Sonnenaufgang auf, bereit, die Herausforderung eines neuen Tages anzunehmen. Du machst das Leben besser. Ich dagegen, ich laufe bei Sonnenuntergang, beherrsche und unterdrücke alles, warte bloß darauf, dass der Tag zu Ende geht."

Seine Augen wurden hart. „Ist das so, wie du dich selbst siehst?"

In meiner Kehle bildete sich ein großer Stein, und ich zog meine Schultern hoch bei dieser hässlichen Wahrheit. „Du bist tapfer. Und ich bin ein Feigling."

„Da liegst du falsch." Er knurrte, sein Kiefer verkrampfte sich, und seine Augen spuckten Feuer. „Du hast deiner Freundin deine Dienste als Innenarchitektin als Spende bei einer Versteigerung angeboten, obwohl es dich maßlos erschreckte, deine Kunst derartig zur Schau zu stellen. Deine Schwester ist eine erwachsene Frau, aber du hast die

Last ihrer unbezahlten Rechnungen mitgetragen, damit sie sich keine Sorgen darüber zu machen brauchte. Du hast die Laufbahn gewählt, die deine Eltern wollten, hast deiner Leidenschaft den Rücken zugekehrt, um zu versuchen, sie glücklich zu machen."

Als er innehielt, um Atem zu schöpfen, verwandelte sich der große Stein in meiner Kehle in einen Felsbrocken. Die Hitze hinter meinen Augen kochte, drohte, überzulaufen...

„Du bist kein Feigling. Weit davon entfernt." Er machte einen Schritt auf mich zu, seine Gesichtszüge waren eindringlich, seine Worte endgültig. „Du bist der Sonnenschein im Leben von jedem einzelnen, doch du kannst es nicht einmal sehen. Den ganzen Tag gibst du etwas für die anderen, hältst das, was du willst, zurück, bis spät abends, wenn du dir dann endlich selbst erlaubst, einmal eine Stunde zu laufen. Du bist die stärkste Person, die ich jemals getroffen habe."

Ich schüttelte den Kopf, während heiße Tränen meine Wangen hinunterliefen. „Das bin ich wirklich nicht."

„Doch!" Seine Augen wurden hart wie Stahl, blieben unerschütterlich. „Du erkennst es bloß noch nicht."

Jede Zelle meines Körpers wollte sich in seine Arme werfen. Ich hatte so hart darum gekämpft, dass Greg nicht in meine Seele eindringen könnte, aber irgendwie hatte er es doch geschafft, sich unbemerkt hineinzuschleichen. Eine starke Frau jedoch würde nicht zulassen, dass dieser wunderbare Mann seine Träume von einer Familie aufgab. Das konnte ich nicht geschehen lassen. Und das *würde* ich auch *nicht* zulassen.

„Ich muss gehen." Ich wischte meine Wangen ab und schluckte den Kloß in meiner Kehle hinunter. „Vielen Dank nochmal, dass ich deine Wohnung gestalten durfte, dass du mir dabei geholfen hast, und für alles."

Dann schlüpfte ich zur Tür hinaus und ließ dabei mein Herz zurück.

* * *

„Gib mir mal das Klopapier!" Kristen streckte ihre Hand aus, und eine große, weiße Rolle fiel auf ihre Handfläche. Sie löste das Ende ab, dann wickelte sie das Papier um meine Taille und zwischen meinen Beinen durch, umwickelte mich wie mit einer Windel. „Lächle wie ein Baby mit Blähungen, Ginger! Wir werden aufgezeichnet, und wir sind dabei, die Sache zu gewinnen."

Mit breit auseinander gestellten Beinen festigte ich meinen Stand, während Kristen das Klopapier dazwischen durchschlang und ich ein Gesicht zog in Richtung Videokamera, die Rachel vor mich hin hielt. „Herzliche Glückwünsche zur Babyparty, Ellen, aber ich bin nicht sicher, ob ich diesen Moment für immer eingefroren haben will. Vielleicht kann Rachel lieber Gina filmen, denn sie hat dieses andere Windelspiel gewonnen, indem sie alle Schokoriegel richtig erraten hat."

Rachels Mund formte sich zu einem breiten Grinsen. „Einer der Nebeneffekte, eine Naschkatze zu sein, ist, dass du während eines Babyparty-Spiels einen Geschenkgutschein von einem Coffee-Shop gewinnen kannst."

„Diese Babyparty ist perfekt, Rachel! Die viele Zeit, in der du dir umsonst Sorgen gemacht hast." Ich kippte meinen Kopf in Kaitlins Richtung, wo sie ganz schnell auch Ellens angeheiratete Großmutter mit viel zu viel Begeisterung einwindelte. Auch wenn das Alter zu unseren Gunsten sprach, würden sie uns ganz bestimmt schlagen – vor allem weil Kristen jedes Mal aufstöhnte, wenn sie sich bücken musste. Ich deutete auf die ältere Dame in der umwerfenden, aus-Papier-gebauten Windel. „Jetzt stell mal ein Team auf, das eine Chance hat!“

„Aber du siehst absolut bezaubernd aus, Baby Ginger!“ Rachel kicherte, dann bewegte sie sich mit ihrer Kamera weiter. Endlich!

„Es soll lieber niemand versuchen, mich nachher aufstoßen zu lassen.“ Ich starrte auf das Durcheinander, das Kristen verursacht hatte, und zählte rückwärts die Sekunden herunter, bis der Wecker losging. Ich sah, wie sie ganz grün im Gesicht wurde, als sie sich wieder bückte, und ergriff sie am Arm. „Gib's auf, Süße! Du siehst aus, als würde dir jeden Moment schlecht werden.“

„Sag bitte dieses Wort mit ‚s‘ nicht mehr!“ Kristen bedeckte ihren Mund mit der Hand, dann fächelte sie ihrem Gesicht Luft zu. „Mir geht's gut.“

Ich runzelte die Stirn, als Kristen Atem holte und dann weitermachte, mich windelartig einzupacken. Ich ergriff ihre Hand, die voll von Klopapier war. „Lass gut sein, Mädchen! Es ist nur ein Spiel und nicht wert, in Ohnmacht zu fallen, wenn wir sowieso auf dem letzten Platz landen werden.“

„Du hast Recht.“ Sie stopfte das Ende des Klopapiers in den Hosenbund meiner fadenscheinigen Ausrede für eine Windel. Bei ihren armseligen Fertigkeiten würde Kristen unbedingt ein Kindermädchen einstellen müssen. Dann schloss sie die Augen, berührte ihren Bauch, und ihr Gesicht verzerrte sich, als sie von einer Welle der Übelkeit ergriffen wurde. Warte mal …

Als ich ihre Hand anstarrte, die ihren Bauch umfasste, machte es auf einmal Klick. „Bist du schwanger?“

Ihre Augen klappten auf, und sie legte schnell ihren Zeigefinger auf die Lippen. „Schsch“, brachte sie mühsam heraus und langte nach einem Stuhl, um ihr Gleichgewicht wiederzuerlangen. „Erst vier Wochen. Aber ich verrate es noch nicht jedem, ehe zwölf Wochen um sind, deshalb muss es unter uns bleiben. Und Ethan natürlich."

„Oh, wow!" Auf meinem Gesicht breitete sich ein Lächeln aus, und ich klatschte in die Hände. „Herzlichen Glückwunsch! Das ist vielleicht aufregend."

Auf der gegenüberliegenden Seite des Raumes ging ein Signal los, dann wurde ich zum Fotomachen gerufen, und wir fünf eingewindelte Schönheiten sagten ‚Cheese' für den Fotografen, den Rachel angeheuert hatte.

Rachels Apartment war in ein Meer von blauen und weißen Luftballons, Krepppapier und Tischdecken verwandelt worden – dieser Aufwand! Für eine Frau, die die letzten zwei Wochen so sehr gestresst war, hatte sie eine wunderbare Baby-Party organisiert.

Nach einem anderen Spiel, bei dem ein blaues Band und das Abmessen von Ellens sich vorwölbenden Bauch eine Rolle spielte, hatte ich endlich einen privaten Augenblick mit der werdenden Mutter. Sie schnitt ein Stück Karottenkuchen mit Frischkäseglasur ab, dann biss sie in das blaue Rad eines Zuckerguss-Kinderwagens.

Sie schob die Unterlippe vor. „Es tut mir leid, dass du freigestellt wurdest."

„Ja, das war kein Moment für's Familienalbum." Ich tauchte meine Gabel in den feuchten Kuchen, dann steckte ich einen Happen in den Mund. „Doch eigentlich starte ich nun mein neues Einrichtungsgeschäft. Meinen ersten Kunden bekam ich durch Jills Auktion bei ihrer Wohltätigkeitsveranstaltung."

„Gingers Geschmack fürs Einrichten und Gestalten ist erste Sahne." Kristen ließ sich neben uns auf das Sofa fallen. „Ich werde sie beauftragen, das Kinderzimmer zu gestalten, bevor das Baby kommt." Kristen fielen beinahe die Augen aus dem Kopf, als sie merkte, welches Geheimnis ihr gerade entschlüpft war.

Ellen kreischte. „Du bist schwanger?"

„Schsch." Kristen wiegelte ab, dann machte sie wieder ein Gesicht, als würde ihr erneut übel werden. „Wir wollen es noch nicht allen mitteilen. Obwohl es mir heute schwerfällt, es geheim zu halten."

„Wie spannend." Ellens Lächeln strahlte Richtung Kristen, dann wandte sie sich an mich. „Ich hab gehört, dass Kaitlin dich bei Jills Auktion mit einem großartigen Typen zusammengebracht hat. Vielleicht bist du die Nächste."

Bei ihren Worten durchbohrten mich die unterschiedlichsten Arten von Schmerz. Mein Blick fiel auf ihren Bauch, und ich erkannte, dass es für mich nie so sein könnte. Ich schluckte den Kloß in meiner Kehle hinunter. „Eigentlich hatte ich nur ein Date mit Trenton. Kaitlin dachte, er könnte der Richtige für mich sein, aber für mich fühlte es sich einfach nicht so an."

Ellen rieb über ihren großen Babybauch. „Nun ja, du würdest es wissen, wenn es sich richtig anfühlt. Glaub mir! Als ich Henry das erste Mal sah, hatte ich das Gefühl, als wäre ich vom Blitz getroffen. Und so fühlt es sich heute manchmal noch an. Natürlich nicht, wenn er auf dem Boden im Wohnzimmer zusammengeknüllte, dreckige Socken hinterlässt."

Kristen lachte. „Gott sei Dank ist Ethan überaus ordentlich. All unsere Schmutzwäsche landet im Wäschekorb."

Ich wollte einwerfen, dass Greg den Fußboden seines Zimmers mit schmutziger Kleidung dekoriert, die er planlos hinwirft und dann dort liegen lässt, bis sie alt wird. Ein paar Mal hatte ich sie aufgehoben und selbst in den Wäschekorb gelegt. Aber das konnte ich ihnen natürlich nicht sagen.

„Da, er fängt schon wieder an." Ellen rieb sich den

Bauch. „Jedes Mal wenn ich mich hinsetze, um mich zu entspannen, ist für ihn Purzelbaum-Zeit. Ich werde den kleinen Kerl beim Turnen anmelden müssen."

„Oh!" Kristens Gesicht leuchtete auf. „Darf ich mal fühlen?"

Ich biss mir auf die Lippe und sah fasziniert zu, wie Ellen Kristens Hand auf ihren Bauch drückte. Kristen war normalerweise so reserviert, und deshalb erwärmte sich mein Herz, als ich sah, wie emotional sie gerade war. „So erstaunlich und wundervoll. Dieses kleine Leben in dir", murmelte Kristen.

„Und in dir." Ellen lächelte, dann wandte sie sich an mich. „Willst du auch mal fühlen?"

„Klar." Ich zögerte, dann ließ ich sie meine Hand an die linke Seite ihres Bauches führen, wo sie meine Handfläche an ihre Seidenbluse hielt. Ich wartete ab, musterte die winzigen Rosenblüten auf ihrer Bluse, aber es geschah nichts. Es war, als ob er spürte, dass ich keine Kinder wollte, und deshalb nichts für mich vorführen wollte. Gerade als ich dabei war, meine Hand wegzuziehen, stieß eine winzige Kraft gegen meine Handfläche. Meine Augen weiteten sich vor Überraschung. Dann stieß er nochmal. Überwältigt verschwamm mir alles vor den Augen, da ich wusste, das würde ich niemals in mir spüren. Ich zog schnell meine Hand weg. „Er ist ein Schatz", sagte ich zu Ellen, dann entschuldigte ich mich, um das Zimmer zu verlassen.

Meine Augen brannten, während ich in Rachels Schlafzimmer rannte und dort dann die Tür zuwarf. Ich fasste mir mit beiden Händen an den Kopf, als die Tür hinter mir aufsprang.

Kristen schlüpfte herein. „Was ist los?"

Tränen kullerten meine Wangen hinunter. „Hat Ellen etwas gemerkt? Ich will ihre Babyparty nicht ruinieren."

Sie schüttelte den Kopf. „Nein, Rachel lässt sie gerade Geschenke aufmachen. Es geht ihr gut. Was ist los?"

„Ich habe einen riesigen Fehler gemacht." Ich drückte meine Handrücken auf meine Augen, dann ließ ich mich auf Rachels Bett sinken. „Ich bin in meinen Nachbarn verliebt. Aber es ist hoffnungslos."

Sobald ich das gesagt hatte, stellte ich mir ein Leben mit Greg vor. Wir beide machten zusammen einen Lauf bei Sonnenuntergang, ehe er zu seiner Nachtschicht musste. Ich wäre allein in dem ruhigen Haus und malte helle, farbenfrohe Kunstwerke für meine Kunden. Ein Mädchen, das im Garten seinen Hula-Hoop-Reifen um seine Taille drehte. Ein Junge mit einem breiten Lächeln mit einer großen Zahnlücke und funkelnden Mandelaugen, der neben ihr das Himmel-und-Hölle-Hüpfspiel spielte. Ich konnte Lachen, Liebe und Familie sehen. Greg hatte Recht gehabt, und ich hatte es vergeigt.

Kristen schaute mich mit einem seltsamen Blick an. „Warum ist es hoffnungslos? Ist dein Nachbar verheiratet?"

„Nein." Ich lachte bitter und starrte an die Zimmerdecke.

Sie setzte sich neben mich. „Ist er deutlich älter?"

„Natürlich nicht", schniefte ich und wischte mit meinem Handrücken unter meinen Augen entlang. „Er ist liebenswürdig und hilfsbereit und küsst *fantastisch*." Fragt mich nicht, warum ich das Bedürfnis hatte, diesen Teil hinzuzufügen. „Aber er will eine große Familie, und ich dachte, dass ich keine Kinder will, aber jetzt..."

„Du erkennst, dass du einfach Angst davor hattest." Ihr Mund bog sich nach oben. „Da du ja diese Sache mit dem Küssen erwähnt hast, könnte es sein, dass er auch in dich verliebt ist. Warum sagst du ihm nicht, was du fühlst?"

Ich schluckte. „Er sagte mir, ich könnte ihn nur so viele

Male wegstoßen, bis es zu spät wäre. Was ist, wenn er nicht mehr mit mir zusammen sein will?"

Kristen legte eine Hand auf meinen Arm. „Da gibt es nur einen Weg, um das herauszufinden."

* * *

Mit entsetzlicher Angst stieg ich an diesem Abend die Treppen zu Gregs Wohneinheit hoch. Diesmal ging ich nicht hinauf zum Dekorieren. Ich ging hinauf zum Date – falls er meine Entschuldigung akzeptierte. Falls nicht, dann ging ich eben hinauf, um mein Herz in Stücke reißen zu lassen. Kein glückliches Unterfangen.

Mit angehaltenem Atem klopfte ich an die Tür.

Drinnen hörte ich ein Rascheln, dann schwang Augenblicke später die Tür auf. Greg trug schwarze Shorts, ein T-Shirt, und sein Haar war zerzaust. Seine Brauen fuhren ruckartig hoch, als wäre er schockiert mich zu sehen. Ich war nicht sicher, ob ich das als schlechtes Zeichen werten sollte, aber sicher schien es kein gutes zu sein.

Ich zerquetschte nahezu den Griff meiner Tasche, die ich hielt, und nahm alle meine Kräfte zusammen. „Hey!"

„Selber hey!" Mit neugierigem Blick starrte er auf die braune Papiertüte. „Hast du etwas vergessen?"

Mein Herz verkrampfte sich. Definitiv kein gutes Zeichen. Aber er hatte gesagt, dass ich kein Feigling war, folglich musste ich mir das jetzt beweisen. „Ich muss mit dir reden. Darf ich reinkommen?"

Er blickte hinter sich, als hätte er einen Gast, dann drehte er sich wieder zu mir. „Du bist der Boss."

Okay, das schien ein gutes Zeichen zu sein. Ein Punkt für mich. Aber auch wenn ich versucht hatte, den Überblick zu behalten, wusste ich nicht mehr, was der Punktestand war. Ich stellte die Tasche ab und entschied, dass ich mich einfach öffnen musste und ihm sagen würde, was ich auf dem Herzen hatte. Wird schon schiefgehen!

Ich sah zu, wie er die Tür schloss, dann holte ich tief Luft. „Du hast gesagt, ich läge falsch damit, keine Familie zu wollen, und ich habe dir nicht geglaubt. Aber heute ging ich zu einer Babyparty, und da konnte ich an nichts anderes mehr denken als an die Zukunft. Zum ersten Mal in meinem Leben konnte ich mich sehen als jemanden, der Kinder hat und eine Familie aufbaut."

Mit starrem Körper stand er sehr ruhig da. „Was hat sich geändert?"

„Ich traf dich." Ich machte einen Schritt nach vorn, und er wich nicht zurück, deshalb ging ich weiter. „Ich sah die Aufregung meiner Freundinnen darüber, mit dem Mann, den sie lieben, eine Familie zu gründen. Und zum ersten Mal wollte ich das auch." Ich biss mir auf die Lippe. „Deshalb will ich ein Date mit dir."

Seine Lippen zuckten. „Du bittest mich, mit dir auszugehen?"

Ich hielt den Atem an und nickte. „Ja."

„Ich weiß nicht." Er machte einen Schritt nach vorn, und seine Mundwinkel bogen sich aufwärts. „Ich bin so oft von dir zurückgewiesen worden. Mein Ego ist sehr zerbrechlich. Woher soll ich wissen, dass du nicht wieder vor mir weglaufen wirst?"

„Die Tasche", platzte ich heraus, denn mir fiel ein, dass ich als Beweis für meine Verbundenheit etwas mitgebracht hatte. Ich hockte mich hin, langte in die Tasche und holte eine Pappschachtel mit Löchern an der Oberseite heraus. „Dies wird beweisen, dass ich mich geändert habe, dass ich etwas und *jemanden* in mein Leben lassen kann."

„Jetzt machst du mich aber neugierig." Er setzte sich

neben mich auf den Teppich, und seine Augen tanzten, als sein Arm meinen streifte. „Zeig es mir!"

Miau! Miau! Ich öffnete die Schachtel und zog ein weißes Kätzchen heraus, das ich vom Tierschutzverein geholt hatte. „Greg, ich würde dir gern The Professor vorstellen."

„The Skipper und The Professor?" Seine Augen wurden riesig. „Ähm..."

Okay, das war nicht die Antwort, die ich erhofft hatte. Ich hob das weiche Kätzchen auf, das seine Nase an meine Handfläche rieb. „Mach dir nichts draus, er gehört mir. Ich habe ihn als Spielkamerad für The Skipper gedacht. Doch du magst ihn nicht?"

„Das ist es nicht –"

Miau! Miau! Als hätte er mitbekommen, dass wir über ihn redeten, kam The Skipper hereingetapst und beäugte seinen neuen Freund argwöhnisch. Dann blinzelte ich, meinte schon, ich hätte Halluzinationen, denn eine Katze mit rötlichem Fell trottete hinter The Skipper herein. *Miau!*

„Sieht so aus, als hätten wir dieselbe Idee gehabt." Greg hob die Katze mit rötlichem Fell hoch und ließ sie in meinen Schoß fallen. „Ich möchte, dass du Gilligan kennenlernst. Ich habe sie für dich besorgt."

„Wirklich? Sie ist hinreißend!" Ich bekam flatternde Gefühle in meinem Bauch, als das Kätzchen mit seiner Pfote an meinen Fuß schlug. Da Greg das Kätzchen nach der Hauptfigur von *Gilligan's Island* benannt hatte, musste das bedeuten, dass er mit mir noch nicht ganz abgeschlossen hatte. Ich biss mir auf die Lippe, musste es unbedingt sicher wissen. „Ich muss dir noch etwas sagen."

Seine Augen verknüpften sich mit meinen. „Du kannst mir alles sagen."

Ich holte tief Luft. „Weißt du noch, wie du mir gesagt

hast, dass ich aus einem Haus ein Heim mache, indem ich es mit Farbe und Leben fülle?"

Er steckte mir eine Haarsträhne hinters Ohr und nickte. „Ja."

„Naja... das ist es, was du für mich tust." Ich strich mit meinen Fingern über seine Wange, so wie er es so viele Male bei mir gemacht hatte. „Wenn ich bei dir bin, fühlt es sich so an, als sei ich zu Hause."

„Ja, ich werde mit dir auf ein Date gehen." Er umfasste mein Gesicht mit seinen Händen. „Sonnenschein, endlich siehst du die Dinge klar!"

Dann küsste er mich.

EPILOG

Zwei Wochen später

Nachdem ich den Nachmittag mit meinem neuen Kunden beim Einkaufen verbracht hatte, der mir auf Empfehlung von Jenna McCoy vermittelt wurde, kam ich nach Hause und fand meine Tür abgeschlossen. Als ich meinen Schlüssel benutzte und die Tür aufsperrte, musste ich unwillkürlich lächeln. Offensichtlich legte meine neue Mitbewohnerin Melinda Morgan auch großen Wert auf Sicherheit. Es fühlte sich an wie der Beginn einer neuen Ära.

Ich kannte Melinda nicht gut, aber wir waren beide von Woodward Systems Corporation rausgeschmissen worden, deshalb hatte ich mir gedacht, wir hätten vielleicht durch die gemeinsam erfahrene Ablehnung eine Verbindung. Sie arbeitete momentan in einem Aushilfsjob und kam normalerweise erst spät abends nach Hause. Bis jetzt war sie sehr für sich geblieben und hatte mir viel Freiraum gegeben, sodass ich recht ungestört an meinem Schreibtisch in meinem Zimmer arbeiten konnte.

Mary Ann war bei ihrer Freundin eingezogen und lebte nur fünf Minuten entfernt. Sie war bereits zweimal bei mir vorbeigekommen, um meinen Kühlschrank zu plündern. Ich liebe sie!

Sekunden nachdem ich die Eingangstür hinter mir geschlossen hatte, klopfte es.

Ich schaute durch den Türspion und sah mandelbraune Augen zu mir zurückstarren. Ich zog die Tür auf. „Spionieren Sie mir nach, Herr Nachbar?"

„So oft ich kann." Greg streifte mit seinen Lippen über meine, dann spazierte er herein und wedelte mit einer Zeitschrift in seiner Hand. „*Sacramento Living*, frisch aus der Presse."

Mein Herzschlag beschleunigte sich. „Und?"

„Das werden wir miteinander herausfinden." Er schloss die Tür, dann ließ er sich auf die Couch fallen. Er legte den Arm um mich, als ich neben ihn rutschte, dann ging er dazu über, Jennas sechsseitigen Artikel zu lesen, in dem sie das Projekt *Schließe Freundschaften* vorstellte und über Up to Date by Ginger Nielsen schwärmte. Und die Fotoserie ‚vorher' und ‚nachher' war einfach phänomenal! Kreisch!

Als Greg zu den letzten Zeilen des schmeichelhaften Artikels kam, lächelte er und las sie laut vor: „Zusätzlich zu Gingers großzügiger Spende hatte ihr Kunde folgende Wort über sie zu sagen: *Gingers Talent verwandelte mein Zuhause in ein Heim, und ihr Herz veränderte mein Leben. Mit Ginger zu arbeiten ist so, als würdest du deine Welt dem Sonnenschein der endlosen Möglichkeiten öffnen.*"

Meine Augen wurden feucht, und meine Brust war von Freude erfüllt.

„Greg..." begann ich, aber es gab keine Worte für das,

was ich fühlte. Anstatt zu versuchen, zu erklären, was mir seine Worte bedeuteten, legte ich deshalb meinen Kopf schräg und presste meinen Mund auf seinen. „Du bist wundervoll!"

Und er war der Meine.

„Erinnere mich daran, dir öfter vorzulesen!", witzelte er, als er die Zeitschrift zuklappte und dann das Pärchen, das auf dem Titelblatt zu sehen war, anblinzelte. „Ist das nicht dein *Blind Date* von der Versteigerung?"

„Wie?" Mein Blick fiel auf das Foto der Titelseite: Trenton Davis auf dem roten Teppich mit dem glamourösen Supermodel Rochelle Richards. Die Schlagzeile lautete: ‚Verlobt!' Ich konnte mir ein Lächeln nicht verkneifen. Trenton hatte endlich herausgefunden, was die Hauptsache war. So wie ich auch. „Ich wusste, dass er immer noch in sie verliebt war."

Greg ließ die Zeitschrift fallen, dann wandte er sich mir zu. „Wie war dein Tag bei der Arbeit?"

„Fantastisch!" Ich lächelte, weil farbenfrohe Vorhänge durch meinen Kopf tanzten. Dann erinnerte ich mich an den Telefonanruf, den ich erhalten hatte. Ich holte tief Luft. „Meine Mam hat heute Nachmittag angerufen."

Zwischen seinen Augenbrauen bildete sich eine senkrechte Linie. „Sag mir nicht, dass sie dir wieder diese Bürojobs aufhalsen will?"

„Nein." Ich schüttelte den Kopf, und meine Kehle schnürte sich zu. „Sie rief mich an, um mir zu sagen, dass mein Dad heute mit einer Entziehungskur angefangen hat. Nicht ‚versprochen hat, hinzugehen', sondern tatsächlich mit dem dreißig Tage dauernden Programm begonnen hat. Das ist das erste Mal für ihn."

Greg steckte mir eine Haarsträhne hinters Ohr. „Wie fühlst du dich?"

Ich biss mir auf die Lippe, dann schaute ich das Bild an, das ich letztes Mal gemalt hatte, als er versprochen hatte, auf Entzug zu gehen. Es hatte den Anschein, als würden mich die weißen Wirbel anlächeln, und der gelbe Bogen sprang geradezu über den saphirblauen Hintergrund. Aber die Zukunft... wer kennt sie schon? „Ich liebe meinen Dad. Und ich bin für ihn da. Deshalb bin ich auch hoffnungsvoll."

Gregs braune Augen funkelten, und sein Mund bog sich aufwärts. „Ich liebe dich, Sonnenschein."

„Ich liebe dich auch", sagte ich, dann küsste ich ihn inniglich, mit all meinem Herzen und all meiner Seele.

Und ich wusste ohne jeden Zweifel, dass egal, was das Leben mir für Steine in den Weg legen würde, die Sonne morgen wieder aufgehen würde mit dem Versprechen eines neuen Tages.

Ende

Wenn es euch gefallen hat,
mit diesen Personen eure Zeit zu verbringen,
kann ich euch nur raten,
auch Melindas Geschichte zu lesen in:

Ein Déjà-Date
Lieber ein Date als nie, 9

ÜBER DIE AUTORIN

SUSAN HATLER ist eine Bestsellerautorin der *New York Times* und von *USA TODAY*, die humorvolle, gefühlsbetonte, zeitgenössische Romantik für Erwachsene sowie Romane für Heranwachsende schreibt. Viele ihrer Bücher werden ins Spanische und ins Deutsche übersetzt. Da sie von Natur aus Optimistin ist, glaubt sie, dass das Leben überraschend ist, Menschen faszinierend sind und Phantasie grenzenlos. Gerne verbringt sie ihre Zeit mit den Hauptfiguren ihrer Geschichten und hofft, dass Sie das genauso gerne tun.

***** REGISTRIEREN SIE SICH EINFACH FÜR SUSANS EXKLUSIVEN LESER-NEWSLETTER UNTER SUSANHATLER.COM/NEWSLETTERDE *****

Hier können Sie Susan Hatler erreichen:
Facebook: facebook.com/authorsusanhatler
Instagram: instagram.com/susanhatler
Twitter: twitter.com/susanhatler
Website: susanhatler.com/deutsch

BÜCHER VON SUSAN HATLER

Serie: Ein neuer Versuch für ein Date

Das eine Million-Dollar Date

Das Doppeldate Desaster

Das Date mit dem Nachbarn

Das Rettungsdate

Das Fashiondate

Es war einmal ein Date

Serie: Liebe in Christmas Mountain

Der Weihnachtskompromiss

Es war der Kuss vor Weihnachten

Ein zuckersüßes Weihnachten

Serie: Die Hochzeitsflüsterin

Die Hochzeitsbrosche

Der Hochzeitsfang

Mein Hochzeitsdate

Die Hochzeitswette

Serie: Lieber ein Date als nie

Liebe beim ersten Date

Wahrheit oder Date

Mein letztes Blind Date

Rette dieses Date

Perfektes Date auf Umwegen

Lizenz zum Date

Zum Date getrieben

Hauptsache up to date

www.ingramcontent.com/pod-product-compliance
Lightning Source LLC
Chambersburg PA
CBHW022132150726
47992CB00002B/562